文經文庫 266

小天使海蒂

喬安娜·史柏莉（Johanna Spyri）◎著

文經社
Taiwan

COSMAX
PUBLISHING Co.
Since 1981

【推薦序】

聽見天使的聲音

趙詠華

你小時候看過《小天使》的卡通嗎？如果看過的話，一定也聽過主題曲。如果你會哼的話，我想，那就是「小天使海蒂」的聲音。

小時候的我是在單親家庭長大，沒有同年紀的兄弟姊妹，一個人總是悶著，所以我常常懷疑我的生命是多餘的。我不是不愛說話，而是沒有人可以對話，久而久之就不會說話了。

可是自從我認識海蒂、瞭解海蒂之後，就把她當作偶像一樣模仿，於是我有了台灣人說的「憨膽」。我把自己裝得很勇敢、若無其事，稍微壓抑自己的不安，走入人群，學習她的精神，把自己的熱情拋出去，也因此得到了更多的溫暖。雖然我不是海蒂，可是我跟海蒂一樣，對生命有熱情、有活力。

年幼的海蒂因為家裡沒人可以照顧她，被阿姨送到爺爺的山上，其實爺爺也跟從前的我一樣，既孤僻又自閉，他也不知道該怎麼跟小孩相處。

可是海蒂卻這麼勇敢，家裡已經沒有人愛她，又被丟到她從來沒有看過的爺爺身邊，而且從都市到山上，她還是帶著她的熱情跟微笑，即使爺爺剛開始也不是那麼歡迎她。

我最記得的一幕，就是爺爺幫她在閣樓鋪了軟軟的稻草床，她好開心，說再墊高一點，因為上面有一個小小的氣窗，她在那裡看到了美景，她從頭到尾都是笑的，可是沒有人發現她的內心是害怕的。她用熱情跟微笑戰勝內心的恐懼，當我看到那一幕，我瞭解了，我哭了……然後我微笑了。

認識我的人應該會發現，不管多痛或害怕時，我都會大笑，遇到小小驚嚇或緊張時也會微笑。真沒想到微笑的力量可以這麼大，足以支撐我長大成人。

儘管長大後我清楚明白，那微笑的背後隱藏著不為人知的心酸與痛苦，我依然用微笑與堅持，去面對內心最深最難面對的問題。

現在我開心的回頭看人生，當時如果沒有那微笑的力量，我不會一路健康成長走到現在。我想，這就是海蒂如天使般的精神。

我聽到了。你，是否也聽到了海蒂微笑的聲音？

【導讀】

用「愛」創造出來的奇蹟

管仁健

高山上的小木屋，住著一個小女孩。
她是一個小天使，美麗又可愛。
她有一個好朋友，卻是一隻小山羊。
每天都在一起玩，生活真舒暢。
小天使她最善良，不怕風大和雨狂。
愛護所有小動物，勇敢又堅強。
牧場上的百花香，春去秋來換新裝。
小天使他忙又忙，珍惜好時光。

這首兒歌《小天使》，三十年前在台灣曾紅遍一時；即使到今天，在華人世界仍有很多人會哼唱。但這首兒歌並不是民謠，而是在一九七〇年代，一部電視卡通《小天使

》的主題曲。

《小天使》這部在全世界至今仍廣受歡迎的日本動畫經典，改編自著名小說《小天使海蒂》，在一九七四年由動畫大師宮崎駿帶領的團隊負責執行。台灣觀眾是到了一九七七年，才得以首次自螢光幕前，領受到大師難以抗拒的作品魅力。

其實卡通《小天使》的主題曲歌詞部分，並非卡通或原著小說所要表達的重點；但是因為主唱者的清脆童音，可以乾淨到幾乎毫無瑕疵，讓這首歌與這部卡通流行至今。甚至一八七八年出版的小說《小天使海蒂》，與一九三七年秀蘭鄧波兒還是童星時主演的改編電影《海蒂》，原本都已沉寂多時，也都因卡通與歌曲的流行而再度翻紅。

卡通《小天使》在香港播映時，被稱為是《飄零燕》，由蔡麗珍主唱。但比起台灣譯名《小天使》，以及主題曲的受歡迎程度，在華文世界裡都還是無法相提並論。

最值得一提的就是《小天使》主題曲，演唱者是當時台灣最知名的兒童演唱團體——吉林兒童合唱團；而其中最令人驚豔的獨唱部分，則是由日後的知名歌手趙詠華擔綱主唱，至今依然是台灣五六年級生的共同回憶。

＊　＊　＊

海蒂雖然只是作者在十九世紀的歐洲，全憑想像而虛構出來的人物，但一百多年後在世界各地，讀者依然會覺得栩栩如生。因為你只要閱讀本書，就能從海蒂身上看到了人性中善良美好的一面；在爾虞我詐的現實生活中，喚醒人們心中的小天使。小天使最珍貴的，不是那雙翅膀，而是她那溫柔的心，「愛」也就成為貫穿這本書的主線。

除了「愛」以外，這部小說也可說是十九世紀教育思想的啟蒙書。在那國民義務教育制度剛開始施行的時代，要將這些原本是貴族子弟才需要學習的知識，用在出身偏遠地區貧苦家庭的孩子身上，確實是有點迂闊。

例如海蒂在山上的好友牧童彼得，上了好幾年的學，卻連字母都不認得。課本中那些幾乎是拉丁文的艱深文體，以及外型雖美，對資質普通的孩子來說，卻像蝌蚪般難以辨識的花體字，讓本來就貪玩厭學的彼得，更加堅信自己永遠學不會讀書寫字。

海蒂受了彼得的影響，剛到法蘭克福來做千金小姐的伴讀時，家庭教師康達先生花了很久的時間，也沒辦法讓海蒂認識字母；本來就很討厭海蒂的女管家羅美爾小姐，更加深信這小女孩智力有問題。

幸好克拉拉的奶奶來到家裡作客，她有很細膩的觀察力，發現來自山上的海蒂，並非資質駑鈍，只是缺少學習動機。於是她用一冊有精美圖畫的聖經故事繪本，並利用海蒂的山居生活經驗，耐心解釋圖畫中故事與底下解說文字的關係，海蒂就這樣學會了拼音，也認識了字母。康達先生發現了這「奇蹟」，就去求見老夫人說：

「夫人，這是多麼神奇的一件事，也是我教書多年不曾見過的。從前我用盡方法，她卻連字母都記不住；可是現在，她不但認識每個字母，連整段的句子都能正確地讀出來，而且不用我說明，她就已經曉得這句話的意思；這實在是件怪事，她為什麼忽然變聰明了。」

老夫人笑著說：「唉！世界上真的有許多奇奇怪怪的事，只有兩件事不奇怪，就是新的學習興趣和新的教學方法，這兩個條件合在一處，就一定會有好的結果。」

後來海蒂回到山上，也讓村裡學校的老師大吃一驚。因為原本經常逃學，始終學不會拼音的牧童彼得，竟然被海蒂教到也可以閱讀了。新的學習興趣和新的教學方法，在教育孩子的事上，是永遠不可或缺的兩項條件。

＊＊＊

這本書裡提到另一個新觀念，就是大自然對人的健康，有著神奇的影響。歐洲在工業革命後，各地都出現了大型的工商業城市。然而長期生活在缺乏藍天綠地的狹小空間，對人的生理與心理，都產生了不良的後果。

海蒂在法蘭克福的豪宅裡，雖然衣食住行都很優渥，卻因想家而得了夢遊症；克拉拉除了坐在輪椅上，也抱怨吃什麼都帶著魚肝油味道。然而回到了山間，海蒂不藥而癒；克拉拉也愛上了天然的羊奶、乳酪，並在大自然的美景中學會了走路。

作者本來只是因寫作需要，虛構了位於阿爾卑斯山上的一座山城。在寫作時，也從未特意選擇任何一個地方作故事場景；應該說瑞士境內任何一個阿爾卑斯山區的小鎮，都符合書中的描述。

但因《小天使海蒂》一書的盛行，加上世界各地都逐漸城市化，許多讀者憧憬著如書中盧勃醫生所說：「讓靈魂和肉體都更健康」的地方，於是大家就將作者曾前往寫作的村落，想像成海蒂之家，使當地成了觀光景點。

如今本書作者喬安娜・史柏莉在蘇黎世郊外的故居，已經被改建成紀念館，成為蘇黎世的著名觀光景點。到了一九九七年，瑞士格勞賓登州在阿爾卑斯山區的曼菲鎮，創建了「海蒂樂園」，每年可吸引十幾萬的海蒂迷前來朝聖，為瑞士旅遊業帶來無限商機。

雖然每個海蒂迷也都知道，這部小說是虛構的，但卻寧願相信海蒂是真有其人。於是「海蒂樂園」也照著文字敘述，修建了一座「海蒂屋」，裡面還有臥室、廚房，陳設著十九世紀的各種農牧器具，並展出世界各地出版的《小天使海蒂》相關書籍。每年的旅遊季節，當地兒童還輪流扮演海蒂和她的牧童好友彼得。

除了瑞士的旅遊業得以受惠，其他農牧產品如「海蒂葡萄酒」、「海蒂巧克力」、「海蒂牛奶」、「海蒂奶酪」等，只要在當地出售的商品，幾乎都與海蒂有關。海蒂自然、淳樸和幸福的良好形象，成了瑞士的「最佳代言人」。

海蒂就像小天使一樣，用愛感染身邊每一個人。讓憤世嫉俗的爺爺，重拾對神以及對人的信心；讓失明貧困的婆婆，找回對未來的盼望；讓必須倚賴輪椅的朋友，站起來走出自己的人生。

這些用「愛」創造出來的奇蹟，除了透過小說在全球各地感動數億人，而且持續一百多年不衰之外，還先後被改編成童書、電影、電視劇、動畫、漫畫等，不只成為宮崎駿經典卡通《小天使》中的主角，更成千萬讀者心目中可愛的女兒。

目次

1

艾爾姆大叔

過了沒多久，
我就聽說他對大家宣告，以後絕對不再下山了。
他要孤零零地住在山頂上，
過著與「上帝和好人們」作對的日子。

在瑞士（注）古樸而清純的小城曼菲（注），有一條小路穿過草綠葉蔭的牧場，蜿蜒而上到遠處山麓。沿著這條路走去，愈高則愈寬廣，再上去更有短草和粗硬植物的香氣。路是漸漸地險峻，筆直可以達到山頂。

在六月的一個晴朗炎熱早晨，有一位身材高壯，面孔修長的女子，牽著一個五歲左右的女孩，沿著細長的山路走上去。

那女孩熱得滿面通紅，雖然歐洲六月的太陽還不算太毒，但她那一身笨重粗厚的衣服，足以嚇壞其他路人了。

她的全身像披了鎧甲一樣，裹上了好幾件衣服不說，光是肩膀上那條紅色毛質圍巾，以及腳上穿的那雙厚重的布鞋，讓她顯得更加臃腫；也難怪她會熱得一邊走，一邊氣喘吁吁了。

離開曼菲，走了大約一小時，她們到了半山上一個叫做「德福里」的小村。這邊就是那位女子的故鄉，立刻出現了很多人向她打招呼。有的從窗裡叫喚她，有的推開門出來招呼她，還有幾位本來就在屋外的，更攔下她來打招呼。

不過，那位女子卻裝做匆忙的樣子，根本不理會這些人，只顧自己趕路；直到快走出村外時，住在村尾最後一戶的婦人忽然喊著：

「等一下，黛德，你若是上山，我跟你一塊走吧！」

那女子聽她這麼說，才暫停了腳步，她手上牽著的小女孩，趕快趁機甩開她的手，就地坐了下去。

「海蒂，你走累了嗎？」那趕路的女子問。

「不累；但我熱得受不了。」海蒂簡短地回答。

「還好啦！就快到山頂了。你走快一點，再過一小時就可以到了。」那個叫黛德的年輕女子，好像是在鼓勵她。

至於那位要約黛德一起上山的婦人名叫蓓蓓，臉孔看來很慈祥。她趕快收拾好東西，一開門就走到黛德與海蒂前面了。

．**瑞士（Swiss）**　位於西歐中部的內陸山地國家，由二十六個州組成。北接德國，西鄰法國，南接義大利，東臨奧地利和列支敦士登；擁有很悠久的中立國歷史傳統，自一八一五年後從未捲入戰爭；許多國際性組織的總部都設在瑞士，是世界最富裕的國家之一，有「世界公園」的美譽。

．**曼菲（Maienfeld）**　本來只是作者虛構位於阿爾卑斯山上的一座山城，作者在寫作時，也未特意選擇任何一個地方作故事場景；瑞士境內任何一個阿爾卑斯山區的小鎮，也都符合這樣的描述。但因《海蒂》一書的盛行，加上世界各地都逐漸城市化，許多讀者憧憬著如書中盧勃醫生所說：「讓靈魂和肉體都更健康」的地方，於是大家就將作者曾前往寫作的村落，想像成海蒂之家，使當地成了觀光景點。

蓓蓓本來就認識黛德，她們兩人一路走，一路談論德福里村和鄰村間的閒話，越聊越高興，竟把海蒂丟在後面了。忽然蓓蓓說了：

「黛德，這小女孩不是你死去的姊姊留下的女兒嗎？你想把她帶到哪裡？」

「我要帶她到艾爾姆大叔那裡，他是這孩子的祖父，我打算就把她就寄放在那裡。」

「什麼？你要把她放在艾爾姆大叔那裡，你發瘋了嗎？黛德，不說別的，你想他老人家那個脾氣，有可能會答應嗎？」

「不管他答不答應，我都必須這樣做。你知道嗎？她的父母都死了，現在就只剩下這一位爺爺，是她唯一的親人啦！從前她還小，歸我照料，我沒話說；但現在我自己也有工作了，我怎麼會願意為了她，就把自己的工作給丟了？所以，當然還是要讓她的爺爺來照顧她了。」

蓓蓓尖叫起來說：「黛德，你要想清楚一點。艾爾姆大叔要是像別的老人家那樣，你這樣做沒關係；但艾爾姆大叔的性情怎麼樣，你應該比村子裡的其他人更知道的，他哪裡會照顧這麼小的孩子？」

蓓蓓嘆了一口氣後又問：「唉！算了，你一定也有你的苦衷，不過，你說你要到哪裡去工作啊？」

「我要到法蘭克福（注）。有一個很好的工作在等著我呢！你知道嗎？去年我到溫泉區的一家旅館幫忙打掃房間，剛巧是我打掃的就是勃茲爵士與夫人住的那間，因為我打掃得很乾淨、動作又快，所以他們打算雇用我，帶我跟著他們回家去。不過為了要照顧海蒂，沒有去成。這次勃茲爵士家裡又來找我去工作了，我也就決意去了。換作是你，你會不想去嗎？」

「我懂，但是那小女孩就可憐了。」

蓓蓓用同情的口吻繼續說著：「沒人知道艾爾姆大叔在山頂都過著什麼樣的日子？他從不跟別人來往，這麼多年也沒來過一次教會。就是偶爾從山上下來的時候，大家還不是趕緊避開，誰也不敢走近他。只要一看見他那蓬鬆的灰眉毛、滿臉的鬍子，還有粗大的手杖，沒有一樣不讓人害怕的。」

黛德用著決斷的聲調說：「總之，我管不了那麼多了。他是她的親爺爺，他當然要照料她。我想他總不會傷害自己孫女的。就算真的發生了，也該由艾爾姆大叔自己負責，這不關我的事。」

・**法蘭克福（Frankfurt）**　德國重要的工商業、金融和交通中心，位於萊茵河中部的支流緬因河的下游，是德國最大航空站與鐵路樞紐。也是人文重鎮，名詩人哥德誕生於此，有歌德大學、博物館等。

蓓蓓始終不明白，艾爾姆大叔為什麼那麼討厭別人，堅持一個人寂寞地住在山頂上；而且村裡的人們只要提起他，都變得很激動。不要說是討厭他的人，一提到他就有點害怕；就是同情他的人，也會顯出不太高興的樣子。

他其實不是這德福里村眾人的叔叔，但大家為什麼卻都喚他「艾爾姆大叔」呢？蓓蓓是從別村裡嫁來這裡的，她一來就跟著村裡的人那樣叫他「艾爾姆大叔」。

相反的，黛德是在福德里村長大的，直到去年母親去世，才到外地的旅館幫傭。那地方離福德里村很遠，今天她帶海蒂來時，是在路上遇到村民駕著馬車載乾草，她們搭了便車，才能這麼早到達。

蓓蓓既然抓到了這個機會，就決心要從黛德口中探聽艾爾姆大叔的故事。所以，她很有把握地挽著黛德的手腕說：

「艾爾姆大叔的過去，你一定是無所不知的。拜託你把實在的情形告訴我好嗎？他做過什麼壞事呢？什麼時候變得不和人來往，而且那麼討厭別人的？」

「我怎麼會知道？我才二十六歲，他卻已經是六十歲的老人了；我怎麼會曉得他是什麼時候變成那樣子的。不過，如果你答應我，不把這秘密告訴別人，我是可以告訴你關於我知道的部分。」

黛德說這話時還不斷回頭，像是恐怕被那小女孩聽見了似的；但是那小女孩現在連影子都看不見了。似乎是她們兩個人只顧著自己在說話，連小女孩走迷路了都還沒發現。

黛德趕快停下了腳步，向四周尋望。小路雖蜿蜒屈折，但站在這個地方，還是可以一目了然地直望到德福里村。黛德望了一會兒，就是不見有小女孩的影子。

蓓蓓在一旁指著路的那一端說：「你看，她不是在那裡嗎？她跟那個趕山羊(注)的小男孩在一起，跟著山羊走在山坡上。那小男孩也不知道為什麼今天會這麼慢；不過也幸好有他來照顧她，我們就可以盡情談天了。」

黛德說：「海蒂哪裡要別人的照顧？別看她只有五歲，但她可不笨喔！她聰明得什麼都懂。我猜不久之後，她還會幫爺爺的忙。像他那樣只有兩隻山羊和一間小房子的人，就是需要有個孩子陪他。」

「艾爾姆大叔只有兩隻山羊和一間小房子？從前他應該不會只有那麼一點點的財產吧？」

「你會這麼想也對啦！據說他們家在當地是富豪，有個最好的牧場。他家有兄弟兩

・**山羊（goat）** 人類馴養的家畜，用來取得山羊的毛、皮、肉和奶。山羊皮可以製成旅行用的裝水袋，製成的紙則用於書寫；肉和奶都可食用；某些種類的山羊毛還可成為羊毛衫的材料。

個，他是老大。那弟弟倒是很守本分，但他卻整天在外邊胡鬧，又愛奢華，坐著馬車在鄰近的村中閒逛出風頭，還跟一些流氓來往，把家產都敗在酒和賭上了。等他父母知道時，家裡早已破產，兩位老人家都活生生的氣死了。他的弟弟也被逼得像乞丐一樣逃離家鄉，不知去哪裡了？」

「原來是這樣，那麼艾爾姆大叔自己呢？」

「他也知道自己的名譽太壞，只好也逃離家鄉，以後誰也不知他去哪裡？又做了些什麼事？不過後來才聽說他是在拿波里(注)當兵。十五年後，他又突然帶了一個兒子回來，想把他兒子寄養在親戚家，可是誰也懶得理他；因此他大發脾氣，發誓以後再也不踏進家鄉，帶著兒子跑到德福里村來，就這樣住下來了。」

「那麼孩子的母親是誰？」

「你問他的妻子嗎？她結婚不久後便死了。至於他的兒子湯比亞，被他送到一家木匠店當學徒。德福里的人對他那年輕力壯的兒子都很親切，但卻不太喜歡艾爾姆大叔。他們還說，艾爾姆大叔是在拿波里殺了人才逃來這裡的。而且他還不是在戰場上殺人，是酒後與人打架出了人命，所以才跑來這裡的。」

「奇怪了，大家為什麼都叫他『艾爾姆大叔』？」

「這是因為我們家的關係。我們家與他還有一點遠親關係，算起來我的外曾祖母是他祖母的堂姊妹，輩分已經很難算了，我們家就都稱他大叔，後來村裡的其他人也跟著我們這樣叫。直到他一個人搬到了艾爾姆山頂，大家又在他的稱呼上多一個山名，所以叫他『艾爾姆大叔』了。」

「你不是說他有兒子嗎？他現在又在哪裡？」蓓蓓還在追問。

「別急呀！我剛要講到他而已。不過，我怎麼能一口氣講完那麼多呢？」

黛德先這麼回答了蓓蓓，才又把話題轉移到他兒子湯比亞身上。

「湯比亞學徒期滿後，又回到德福里村，和我的姊姊愛雅德結婚。他們兩人的感情很好，所以結婚後組成的新家庭，也是美滿快樂的。可惜那幸福的日子卻不長久，婚後不到兩年，湯比亞在幫人家造新房子時，大樑忽然倒榻下來，壓死了他。愛雅德聽到消息後，跑去一看，嚇得昏了過去，從此纏綿病榻，不到兩個月，她也跟著丈夫去世了。當時大家還說，他們兩人的橫死，都是因為艾爾姆大叔驕傲不信神的結果，甚且還有人就當面這麼說過他呢！」

「難道沒有人去安慰他嗎？」

·**拿波里**（Napoli）　義大利南部的城市，建於西元前七世紀，希臘人稱為「新市」。由於氣候溫和，成為歐洲王公貴族的避寒聖地。但當地民風活潑而強悍，街道則髒亂嘈雜，與北義大利是完全不同的風格，因而成為小說、電影及舞台劇的題材。

「怎麼沒有？教會裡的牧師想去看他，誰知他在兒子死後更加固執。以後別說來教會了，誰的話也都不肯聽了。過了沒多久，我就聽說他對大家宣告，以後絕對不再下山了。他要孤零零地住在山頂上，過著與『上帝和好人們』作對的日子。」

「太可怕了，那他的孫女怎麼辦？」

「沒辦法，他堅持要這樣做，我母親和我只好去把愛雅德的小孩領來撫養。可是到了去年，我母親也去世了，我帶著海蒂，根本無法到外面工作，只好先把她寄放在村裡的一戶人家，再到溫泉區的旅館打工。這次又碰上我剛才對你說過的勃茲爵士與夫人來找我，所以我下定決心了，明後天就要動身了。」

「明後天？這麼說你是想把那小女孩丟到艾爾姆大叔那邊嗎？這種事虧你也做得出！」蓓蓓很不以為然地說著。

「你罵我當然很容易，但你站在我的立場想想看，我也算盡心了。除了這樣，還有什麼辦法？就算我想把五歲的小孩帶到法蘭克福去，你認為雇主會答應嗎？好了，這種話就不用多說了吧！蓓蓓，你想去哪裡呢？我們已經走到半山上了。」

「哦！我大概也就到這裡了。那邊看山羊家老牧人的太太，給我準備了一點毛線，所以我來看看她。那麼我們就在此分手吧！黛德。」

蓓蓓和黛德拉了一拉手後，便朝那微凹的窪地中，一家灰色的小房子走去。這裡就是那看山羊的人家，剛巧在艾爾姆山的山腰裡。

這一戶破舊到幾乎不堪居住的房子，每當山上的一陣狂風吹下來時，門窗和整幢的房子都磔磔地震響著；腐蝕了的屋樑也在振動，因此必須有大大小小、或橫或直的柱子來頂住它。假如這屋子是蓋在一個空曠的地方，暴風雨一來，必定被吹到山下的村子裡。

這小房子裡，有一個叫彼得的男孩，今年剛滿十一歲。他每天早上下山，到德福里村去把各家的山羊趕上來，一直到黃昏，再把那些肚子裡吃滿了青草的羊兒趕回去。

彼得整天和這些四腳輕快的獸群，在山上奔跑喧鬧，直到太陽下山。他把羊群趕回村子後，只要把指頭放進嘴裡，吹一聲尖銳的口哨，那些雇主就會各自出來，把自己的羊兒帶回家；但這些聽到彼得口哨跑出來的，大概也都是家中幼小的男孩或女孩。還好山羊是一種柔順的動物，所以每個小孩都不怕牠。

在悠長的夏日裡，彼得只有在這時候，才能和別的小孩相處。其餘的時間，他都只能和山羊在一起玩耍。他家裡雖說也有媽媽和瞎了眼睛的祖母，不過他每天都早出晚歸，在家的時間，只剩下早晚兩頓飯和夜裡睡覺而已。

他的父親本來也是替人家看山羊的，只是在六年前上山砍柴時，不小心被倒下的大木頭壓死了。他母親名叫碧姬，人們卻喚她「山羊嬸」；至於山羊嬸瞎眼的婆婆，大家也只用簡單的「婆婆」兩個字來稱呼她。

黛德和她的朋友蓓蓓分手後，回頭就來找海蒂，但是找了好幾分鐘，還是看不見有小女孩和那牧童的影子，她有點慌了起來，所以又跑上一處較高的地方，往四周的山坡一望。這時候，那兩個小孩正從很遠的、彎彎曲曲的山坡走上來。

彼得對這山上的每一條路都很熟，而且光著腳，只披一件襯衫，所以跑得像山羊一樣輕快；不過海蒂就沒有那麼方便了。說起跑山路，這還是她平生第一遭，而且她被黛德阿姨穿得全身浮腫，還要加上一條毛絨絨的披肩，這只是因為黛德懶得自己為她帶換洗的衣服，所以就全給她穿在身上了。

這樣又熱又重，把海蒂累得幾乎喘不過氣來；因此，她很難跟著彼得這樣跑，結果是她決心往地上一坐，還脫下了鞋子，除去披肩，把身上的衣服一件一件全都脫了下來，最後只剩下一件襯衫，連兩條手臂都露了出來。

她把脫下的衣服堆在一處，這樣她就跟得上彼得和山羊，也照樣跑跳起來了。彼得並不知道海蒂在背後做了些什麼事，等她跟到身邊時，才發現她那好笑的樣子，忍不住笑了起來。再回頭一望那草叢中堆起的衣服，更使他笑得彎了腰；不過他並沒有說什麼。

海蒂感到身體和精神都清爽了很多以後，就和彼得攀談起來，一下問他這裡的山羊有多少隻？一下又問要趕到什麼地方？到了那裡又做些什麼？

彼得一一回答了她。兩個小孩走了一會兒，到那小房子附近時，才被剛才忙著在尋找的黛德給叫住了。

「海蒂！你看看你那是什麼樣子！你的那兩件上衣和披肩都被丟到哪裡去了？還有我買給你的新鞋子和織給你的襪子？是不是都弄丟了？你到底想怎麼樣？海蒂！你把那些衣服都甩到哪裡去了？」

海蒂不慌不忙地指著山中一塊較低的地方說：

「在那裡。」

黛德順著她指的地方一望，果然那裡有一堆東西，那條紅色的披肩放在最上面，顯得特別清楚。

黛德發火了：「你就是做不出一件好事的！你說，為什麼要把衣服都脫了？」

「我不要那些衣服。」海蒂一點也不後悔地說。

「胡鬧！你還想叫誰去幫你拿來？」

黛德大發脾氣罵了一頓，忽然轉頭朝著彼得說：「彼得，不要一直站在那裡裝作是沒事的人，趕快去把那些衣服拿來。」

「我已經遲到了。」他把兩手插在褲袋裡，悠閒地看著海蒂在挨罵。

「你一直站在那裡看，會遲到的更久。這樣吧！給你這個好東西，你去不去？」

黛德一面說，一面拿出一個發亮的新銅板，在他面前閃了一閃，果然彼得立刻回頭，就從一條險峻的近路溜下去，沒多久就把衣服都拿回來了。黛德也就把約好的賞金給了他，彼得興高采烈地把銅板收進口袋，高興到有點忘形了，因為他身上很少有過這麼多的錢呢！

因為大家都是同一路上山去的，所以黛德把衣服都交給彼得。他右手挾衣服，左手揮鞭，跟在黛德的背後走著。海蒂卻和山羊一起，歡天喜地，連跳帶跑。這樣差不多走了一個鐘頭，才走到艾爾姆大叔的小屋那裡。

艾爾姆大叔的小屋建在一個懸崖之下，四面毫無遮掩，風能從各處吹來，陽光也能從四處照來，從這裡一眼可以望見山下的澗谷和村落。屋後有三株枝葉繁茂的老樅樹(注)。從那裡望出去，有遠處的連峰、美麗的草原和綠樹成蔭的丘陵。

艾爾姆大叔平時最愛背朝著屋子，坐在一個可以望到山下澗谷的地方。今天他正坐在那裡抽著菸，閒望著四圍的時候，忽然有些小孩子、山羊和黛德的影子映入了他眼簾。海蒂走在最前面，用最快速度跑近艾爾姆大叔，還伸出兩手來說：

「爺爺，你好！」

「這是怎麼一回事？」

艾爾姆大叔抓著小女孩的手，臉上並無喜悅。小女孩依然友善地望著老人的長鬍子，和那很久沒修剪，已長到鼻子上的眉毛。這時候黛德也趕到了。

「你好，爺爺！我把您的孫女兒海蒂帶來了。上次你看到她時，她還在吃奶，現在您恐怕認不出了吧！」

「你把這小孩子帶到山上來做什麼？」

「因為我要去法蘭克福工作，不能兼顧到海蒂，因此才帶她來的。我已經為她吃了不少苦，今後當然要歸爺爺來撫養她囉！」

艾爾姆大叔沒理會黛德，忽然指著呆站在樹下的少年斥罵：「彼得！你今天已經遲到了，還站在那裡幹什麼？趕快把山羊帶走。」

彼得最怕的就是這老人，所以連忙跑到背後的羊欄那邊去了。艾爾姆大叔見他走遠了，才回頭來惡狠狠地瞪著黛德說：

「你只顧自己，把五歲的小孩趕到這麼不便的山上來，我也就算了。不過如果這小孩子離不開你怎麼辦？」

・**樅樹**（The Fir-tree）　就是冷杉，也被稱為聖誕樹，西方人在耶誕節前，會準備一株樅樹豎在屋中，樹上掛滿小蠟燭和小袋，袋中裝著禮物送給孩子們。

「有什麼離不開的。總之，你就是她親生的爺爺啦！如果你不願照料她，我就帶她下山，但我有言在先，以後我也不管這小孩了，要送去哪裡，你也沒資格管。你考慮清楚吧！」

老人一聽見黛德這段無情的話，氣得跳了起來，指著她的鼻子，命令說：

「滾，馬上給我滾，滾！別再讓我見到你。」

黛德嚇得全身發抖，連與海蒂道別的話也來不及說，拚命就往山下跑了。

等黛德跑得連影子都不見之後，艾爾姆大叔才坐了下去，默默地只顧抽菸。這時候海蒂正用著好奇的眼神，似乎在鑑賞四周的風景。對面是養山羊的羊欄，羊兒已經被彼得帶走了，只剩下一間空房子。

於是，她又跑到屋後的樹林去一望。風吹得很大，樹枝呼呼地發響。等她轉了一圈回來時，艾爾姆大叔依舊默不作聲地坐著那裡抽菸。海蒂背著兩手，站在老人的面前，只是凝望著他，動也不動。最後，還是由老人先開口問了：

「你在想什麼？」

「我想看看爺爺的屋子。」

「哦！那麼你跟我來。」

爺爺站了起來，海蒂就跟在他的背後，走進屋裡。屋內其實比在外面看到的大很多，但家具卻只有桌子和椅子。一邊的角落裡是老人的床，另一邊是爐子，一個大鐵鍋放在爐上。那邊靠牆有一架嵌著兩扇大門板的櫥櫃。

爺爺也打開了櫥櫃給海蒂看。第一格裝的是衣服、襯衫和手巾等，第二格則是盤子、杯子和玻璃缸之類的東西。最高的地方還有一格，那裡放的是麵包和燻肉乾酪等。艾爾姆大叔等於是把吃的、穿的，連日常一切使用的東西，全都放在這櫥櫃裡了。

海蒂把自己的紅披肩和換洗衣服的包袱也塞了進去，然後又細心地望了望房裡，對著老人說：

「爺爺，我要睡在哪裡？」

「隨便你，愛睡在哪裡，就睡哪裡好了。」

海蒂看見爺爺的床後有一個短梯，趕快爬上去一看，原來上面，已經堆滿著香氣橫溢的草，一個圓窗還可以望見下面屋外的美麗的山谷，海蒂高興得叫起來了。

「爺爺，我就睡在這裡。這麼厚的草，真是一舖好床。你有床單嗎？爺爺。」

「有，有很好的床單。」

艾爾姆大叔一面說，一面從櫥內取出一塊粗布，還有一個粗麻布口袋，提著爬上閣樓來。

「把這個床單舖好，再把這被子蓋在上面，就可以睡了。」

艾爾姆大叔所謂的「被子」，其實就是那個粗麻布口袋。他隨手又拿了一把乾草，將一邊墊高起來，這就算是一個現成的枕頭了，而且還剛巧就在那圓窗下，躺著就可以觀賞山下的美麗的風景。

海蒂當然是高興得不得了，只希望天快點黑。因為天一黑下來，她就可鑽進那裡面睡覺了。

「我覺得我們還是先找點東西吃吧！」

經老人這麼一提，海蒂立刻覺得肚子實在餓極了。剛才只顧著鋪床，連肚子餓也忘記了。艾爾姆大叔把海蒂帶了下來，到爐邊把火吹得通紅。然後取一根長鐵絲，在火上烤乾酪，海蒂卻跑到廚房裡，拿起了麵包，還有兩隻碟子與兩把刀子，一件一件都擺在桌上。

「好極了，你注意到了。」

老人拿著烤好的乾酪和裝滿奶的壺，坐在桌邊，這時他又說了：

「不過似乎還少了點東西吧！」

海蒂一看見爺爺手上的那把壺，又趕快跑到櫥邊，拿了一個碗和兩隻杯子，擺在桌上。

「這樣就好了，但是你要坐在哪裡呢？」

這房子裡只有爺爺坐的一把椅子，所以海蒂便又跳到爐邊，搬來一張三腳凳子，自己坐在上頭。

「你也有可以坐的地方了。不過好像太矮了吧？就算是把我的椅子給你坐，還是不夠高。這樣吧！先把我的椅子給你當桌子，吃過東西後再想辦法吧！」

老人把自己的椅子暫充作海蒂的餐桌，把注滿了羊奶的碗擺在上面，然後又拿了一大片麵包和乾酪給她，囑咐她快吃下去；自己也坐在桌上的一角吃起來。

海蒂雙手抱著飯碗，一口氣喝光了。因為在這麼熱的天氣趕了那麼多路，早已渴得不得了了。

「羊奶好喝嗎？」

「太好了！我從來沒喝過這麼好喝的東西。」

「那麼，你可以再喝點。」

爺爺又給海蒂倒了一滿碗羊奶。她把烤軟了的乾酪塗在麵包上，啃一口、喝一口地飽餐了一頓。

這一頓飯，對海蒂和爺爺兩方來說，都是最快樂的時光。吃過飯後，爺爺到屋後去打掃羊柵，海蒂也跟了去。

艾爾姆大叔先把柵內打掃乾淨，然後又鋪上新的乾草，給山羊做床鋪。做完了之後，又到後面的井邊，砍下三根長棍子，再修整成一樣長短；又砂磨了一塊圓木板，在板上挖了三個洞，再把棍子打進去。這樣就像變戲法似地做成了一張比爺爺椅子還高的三腳凳。

「海蒂，你曉得這是什麼東西嗎？」

「是我的凳子啦！爺爺在做我的凳子吧？爺爺好棒，一下子就做好了。」

爺爺沿著屋子走來走去，整理門窗，這邊釘幾個釘子，那邊又釘幾個釘子。海蒂跟在背後，爺爺喃喃地說著：

「這小孩真聰明，眼神總放在該放的地方。」

海蒂跟著爺爺轉來轉去，覺得爺爺所做的事，每一件似乎都很有趣。

就這樣一天過去了，當天色漸漸暗下來，那三株樅樹也都被山風吹得呼呼作響。這時候突然有一聲尖銳的口哨響遍山上，接著就看見彼得在羊群當中出現。

海蒂聽到了心裡很高興，也跟著喊了一聲，就闖進羊群裡去了。羊群中有兩隻特別可愛的，一隻白的，一隻茶褐色的，馬上跳出來，跑去舐著艾爾姆大叔的手。

原來這兩隻山羊就是艾爾姆大叔養的，所以每次回來時，他總是灑一些鹽在掌上，讓它們去舐。

彼得趕著其餘的山羊，到山麓的德福里村去了。海蒂撫摸著那兩隻山羊，高興得在牠們中間又跳又跑地喚起來。

「爺爺，這是家裡的山羊嗎？兩隻都是我們的嗎？牠們叫什麼名字？」

「白色的那隻叫『天鵝』，褐色的那隻叫『小熊』。」

海蒂還想繼續追問山羊的其他事，爺爺卻說：

「好了，你先去把碗和麵包拿來，我弄晚飯給你吃。」

等海蒂按著他說的，把東西拿來時，艾爾姆大叔已從那隻白的山羊身上擠了一碗奶，並撕下一塊麵包給海蒂，口裡吩咐說：

「吃完了就去睡覺，我還要照顧山羊。」

爺爺說完後，帶著兩隻山羊到羊柵那邊去了。現在只剩下海蒂一個人，坐在剛由爺爺做好了給她的凳子上，吃著麵包和喝著羊奶。

黃昏的風越吹越緊，幾乎連人也要吹走了，所以海蒂必須趕快吃完，就進屋裡去了。她爬上閣樓上的草褥中，真像埋在綢緞做成的被褥裡的女王那樣，不知不覺就進入夢鄉了。

艾爾姆大叔也在天還沒全黑之前，就上床睡覺了。因為每天早晨，太陽一出來就要起床，而且在山上，夏天的太陽更是出得早了。風吹得整夜不停，似乎連房子都搖動起來。樅樹間的風聲，尤其響得怕人。

「小孩子恐怕會嚇壞了吧！」

爺爺在半夜還爬起來，爬到海蒂的床邊去探望。但是她卻把頭枕在圓滾滾的小腕上，睡得那麼甜蜜，就像正在做著什麼好夢似的。

天上的月亮就像長了翅膀似的，在烏雲間時隱時現。老人就站在這月光下，望著睡得正酣的孫女兒玫瑰色的雙頰。直到月亮又被雲遮住，一切暗了下來，他才依依不捨地回到自己床上。

2

彼得的家

艾爾姆大叔看著海蒂的眼睛，一時間恍惚了起來。
這小女孩的語氣雖溫柔，眼睛卻炯炯有神，
讓聽到的人根本無法拒絕或遲疑，
他只能說：「好吧！明天再去。」

第二天一早，海蒂就被彼得尖銳的口哨聲驚醒了。從床頭上的窗口射進來的太陽光，把床鋪上的枯草和閣樓上的一切，都映成了黃金色。海蒂嚇了一跳，望著四周，幾乎忘了置身何地。直到聽見爺爺和彼得談話的聲音，才忽然醒悟了。

一向生活在吵鬧都市裡的海蒂，想起昨天以來的種種稀奇的事，便從床上跳了起來，不到一分鐘，已經穿好了衣服，跑到屋外去了。

「海蒂，你也和山羊一起上山去逛逛吧！」

海蒂一聽到爺爺這句話，高興得跳了起來。但爺爺卻說：

「可是你要先洗洗臉，弄乾淨一點，要不然被美麗的太陽看到，一定會笑你的喔！來這裡，要用的我都為你預備好了。」

在屋子門口，放著一個滿盛著清水的桶子。當海蒂正忙著漱洗時，爺爺忽然叫著：

「彼得，進屋來，把你的乾糧袋也拿出來。」

彼得嚇了一跳，但還是順從地把袋子遞了給他，老人一拿來，就把一大塊麵包和一大塊和麵包差不多大小的乾酪裝了進去，這動作讓彼得嚇得眼睛比剛才進門時更圓了。

「好了！我把碗也裝進去了。彼得，她不會像你那樣直接在羊身上喝奶，所以等吃午飯時，你替她擠兩碗好了。要好好照顧她，不要讓她跑到崖上滾下去。」

彼得還搞不清怎麼回事，海蒂就歡天喜地，催著他走了。

頭上是蔚藍的天空，太陽光輝奪目地懸在上面。各種的山花，在一片綠色的山坡上，排列著白色或黃色的花朵，海蒂只顧著在花叢裡跳來跳去，山羊也各自往自己想去的地方跑，可是卻苦了兩方都必須兼顧的彼得。

「海蒂，你去哪裡了？不要跑到懸崖上啊！」彼得一看不到她，立刻就喊起來。

「不會的，彼得。我在這裡啦！」

彼得也搞不清聲音究竟從哪裡來的，原來海蒂舒舒服服地躺在舖滿著花草的圓丘上，聞著芬芳襲人的空氣，感受一下她在都市裡從不曾聞過的香氣。

「到這裡來，不要跌下去了，這是艾爾姆大叔說的。」彼得又在大叫了。

「哪裡有懸崖呢？」海蒂躺在花叢裡，動也不想動地說。

「在上面，還要再往上面走啊！你聽到山頂有老鷹在叫嗎？」

海蒂一聽到這句話，立刻站了起來，跑到彼得那裡。沿著山路漸漸走上去，都是叢林，到處還有一些長著樅樹的廣場，彼得每天就在這裡放羊。

彼得解下了乾糧袋，放在地上較凹下去的地方，免得被風吹走。海蒂也解下圍裙，把採下來的山花綑起來，放在乾糧袋旁。她心裡這樣想著：

「等一會兒回家之後，我要把這些花插在乾草上，讓閣樓就跟這牧場一樣。」

山谷浴滿著晨曦，從這裡看去有一片大雪原，對著蔚藍的天空；左邊有高聳入雲的山峰，兩側各有無數大岩石重疊依偎，海蒂只顧呆呆凝望著風景。

在萬籟俱寂的時刻，只有微風拂過的些微聲音，讓紅白相間的野百合和夏枯草（注）閃映的金冠，個個都在點頭。彼得疲倦得懨懨思睡，山羊隨意在草叢中亂跑。海蒂則認為，這是她一生中最快樂的日子了。

這時候，突然在頭上就聽到一聲洪亮的鳴叫，讓海蒂嚇了一跳。舉目一望，只見一隻從沒看過的大鳥，展開了牠龐大的翅膀，在半空中一面轉圈，一面發出宏亮的鳴叫。

海蒂喊著：「彼得，彼得，趕快起來！有隻這麼大的鳥。你看，你看！」

彼得被她很不情願地喊了起來，和她一起望著那大鳥。鳥兒越飛越高，直到到灰色山頂的那方才逐漸消逝。

「那隻鳥要飛到哪裡？」

「當然是要飛回牠的巢裡。」

「哇！那麼高的巢。好極了，但牠為什麼要那樣叫呢？」

「牠天生就愛那樣叫吧！」

「那麼我們也到牠的巢那裡去吧！」

彼得一面揮手，一面叫著：「不可能，我們沒辦法爬到那裡，山羊也爬不到這麼高的地方呢。而且艾爾姆大叔吩咐過的，不能讓你滾下去，否則我就慘了。」

這時彼得突然吹起口哨，那些山羊似乎早已聽慣了這代表著集合的聲音，所以陸陸續續從山岩的那頭走下來，都集合在這天然牧場裡，舐著那帶露氣的青草，有些則在閒蹓著，甚至是在互相鬥角。

海蒂一看很高興，立刻跳進了那些群集的羊群中亂跑，山羊們居然也和她似乎熟悉起來了。海蒂覺得這群山羊，也和人們一樣，各有各的特徵，就一路走，一路當牠們是親戚朋友，一一和牠們寒暄幾句。

這時彼得已把乾糧袋解開，拿出預備好的麵包和乾酪，整整齊齊地排在地上，並將比較大的那兩塊，放在海蒂坐的那一邊；比較小的兩塊，就擺在自己坐的這一邊。因為他明白艾爾姆大叔的用意，哪兩塊該是她的，哪兩塊該是自己的，他心裡很清楚。

．**野百合**（Purpleflower Crotalarla Herb）　喇叭藤科植物。通常花呈紅色，偶爾也開白花，花瓣堅挺好像塗蠟，會結椒形小果。花開藤上，藤攀緣在樹幹上，是智利的國花。

．**夏枯草**（Prunella vulgaris）　唇形目唇形科植物，通常人們夏季採取半乾燥果穗甚至全草入藥或製成飲料。主要生長於疏林、荒山、田埂及路旁，花期四至六月，果期七至十月。由於過了夏至後就枯萎，因此稱為夏枯草。

然後他又把帶來的碗，從那匹白羊的肚下，擠出一碗新奶，放在當中，等一切都預備好了之後，才去喊海蒂。但是那小女孩卻只忙著和她的新朋友玩耍，其他什麼也聽不到，這使彼得很頭痛，要海蒂過來真的比要山羊過來還麻煩。

沒辦法，還是要把她找出來。他只好費盡氣力，更大聲的呼喚，那聲音幾乎可以震撼山谷，好不容易海蒂才由羊群中跑出來。

「吃飯了，不要亂跑啦！快點坐下來吃。」

海蒂剛坐下去，就看見那一碗滿滿的新奶，她又開口問：

「這是給我的嗎？」

「是的，那大塊的麵包和乾酪也是你的。等你喝完了，我再給你擠一碗。」

「你喝哪隻羊的奶？」

「我喝那隻身上有斑點的。」

兩個人一起吃著，過了幾分鐘，彼得快吃完時，海蒂立刻撕下一塊麵包，塗上一大塊乾酪，然後遞給彼得說：

「你吃吧！彼得；我已經吃飽了。」

彼得嚇得連話也說不出來了，他從來也不知道「吃飽了」是種什麼樣的感覺。所以他聽到海蒂要將自己的麵包給他，還以為是在和他開玩笑，不敢伸手去接。等到海蒂認真再說了一次，他才敢接了過來，謝謝她。

彼得吃完這從未嘗過的「飽餐」後，就開始教海蒂怎樣記住那些山羊的名字。

在這偏遠的山上，彼得除了這群羊，其他也沒有什麼可以讓他分心的事，所以他對於每隻山羊的特色，都是一清二楚。所以按照特徵，要為每隻山羊取一個適合牠的名字，應該也不太難。海蒂按著彼得教她的，一下子也就記住所有山羊的名字了。

這隻長著一對大角的叫做「蠻牛」，因為牠老是仗著那一對大角，橫衝直撞；因此別隻山羊都不敢靠近牠，一望見牠走過來，立刻各自跑開去。

另一隻身材比較苗條，名叫「金雀」的小山羊，顯得就特別勇敢，居然敢和那「蠻牛」作對。牠極敏捷地接連碰了幾下，連那慓悍的「蠻牛」也害怕起來，再不敢惹牠了。「金雀」能有這麼大的膽量，當然靠牠那一對也很尖銳的角。

還有一隻叫「雪兒」的雪白小山羊，海蒂看牠總是一臉悲傷，像在尋找什麼，不斷哀嚎著，所以海蒂也就一直跑過去，抱著牠的頭來安慰牠。

「你怎麼了？為什麼總是叫得這麼傷心？」

「雪兒」像是在對她哀訴心事，緊靠著海蒂，然後又一路啼著跑開。

彼得一面還在啃著乾酪和麵包，一面放大喉嚨，大聲說：

「那山羊因為牠的親人不在了，所以才叫得這麼傷心。牠的親人昨天就被主人賣到城裡，再不回到這山上來了！」

「牠的親人？是誰呀？」

「那還用說嗎？當然是牠的媽媽。」

「那麼，牠的祖母在哪裡？」

「牠有什麼祖母？」

「那牠爺爺呢？」

「牠也沒有爺爺。」

「原來如此啊！牠好可憐。」

海蒂一面說，一面又將挨近來的「雪兒」溫柔地拉過來。

「你不要再哭了，我每天都來當你媽媽好了。」

那小動物就像懂得海蒂的話那樣，歪著頭在她的肩膀上摩摩弄弄。

海蒂覺得爺爺家的那兩隻山羊「天鵝」與「小熊」，是所有山羊中最漂亮，也最有禮貌的。牠們有著健壯美麗的脊背，各自優雅地在吃著草。態度就是那麼地悠閒恬靜，完全不去理會那兇狠的「蠻牛」。

就在這時候，睡在草地上的彼得，不知為何突然跳了起來，向著山羊那邊跑過去。海蒂莫名其妙地跟著他一起跑。

彼得一直往突出在深谷上的山巖全力奔跑，同時海蒂也看見「金雀」在彼得前面跑著，就在牠快要滾到岩下去的一剎那間，彼得仆到岩端上，緊緊抓住了那山羊的後腳。

「金雀」後腳被被抓住，嚇了一跳，大聲啼叫起來。而且因為後腳被抓得那麼緊，所以更加發了脾氣，只顧著拚命往前跳，這時彼得也不能不大聲喊著：

「海蒂，快來幫忙。」

海蒂跑近一看，這時彼得和山羊都差一點就要滾下山去了。她趕快拔起一把香噴噴的青草，遞到山羊的鼻尖，用溫柔的聲音騙牠說：

「金雀，快來，快來，不然滾下去會很痛喔！」

等山羊回轉頭來，吃起海蒂手上的青草時，彼得才站穩了，抓住那掛在牠頸上繫銅鈴的繩子，海蒂也拚命抓住一邊，好不容易才把那猖狂的山羊給拉了回來。

剛牽回到一個平坦的地面時，彼得便對牠舉起竿子，準備要打下去了。這原是彼得對山羊做錯事時的刑罰，不料那小山羊一看見彼得高舉竿子，就嚇得發起抖來。海蒂心裡一軟，便喊說：

「不要打牠，彼得，你看，『金雀』已經被你嚇成那個樣子了！」

「不行，這隻羊實在太壞了，差點害我摔死。」

彼得氣得又揮起竿子，但海蒂竟然就跳到他面前，擋在竿子前面，凜然地說：

「你不要打牠！牠會痛的。放了牠吧！」

海蒂的眼睛睜得好大好圓，說出的命令又如此嚴峻，竟讓彼得嚇得只敢看著她，然後又突然放下手中的竿子說：

「好吧！那你明天要再給我一些乾酪，我這次就饒了牠。」

「可以，我把乾酪都給你。明天給，以後每天也都給，連麵包也給你，但我要你保證，以後不准再打牠們了。」

「真的？以後每天也都給我？那我以後就不打牠們了。」

「金雀」一得到彼得的寬赦，就高高興興地跑到牠的同伴中去了。

天色漸近黃昏，太陽一步一步地躲到山背後去了。海蒂望一望牧場上的青草、花和那遠處的岩角，突然都給金光罩了起來，不覺嚇得又嚷了起來！

「彼得，彼得！是不是著火了？到處都燒起來了！你看，山巖都變得通紅。雪上也是火，樅樹好像也在燃燒著，整座山都著火了呀！」

「沒事的，每天這時候都是這樣的。」

彼得悠悠自得地在剝著竿子上的樹皮，繼續解釋：

「別怕，那不是真的著火。」

「不是著火，那是什麼呢？」

「我也不曉得；每天這時候，它自己會變成那樣子的。」

「等一下！你看，現在又變成玫瑰色了！你看那蒙著雪的山！那座最高的山，要叫什麼山啊？」

「山哪裡有什麼名字的？」

「你看，現在連雪也變得通紅了！那上邊的山頂有很多的玫瑰花咧！啊，漸漸變成灰色了，都看不見了。」

彼得看見海蒂那擔心的樣子，就告訴她，明天也還是這個樣子。在這裡，只要到了黃昏，滿山又都要燒得通紅的了。

「海蒂，站起來，我們該回家了。」

彼得說完後，又吹吹口哨，將那些山羊都叫來了。

「彼得，我只要來這裡，就可以看見這樣到處都變紅色的樣子嗎？」

「只要天氣好，都看得見的。」

海蒂和彼得一起跟著山羊下山，心裡就打算著，從明天起，一定要天天都來這裡。

艾爾姆大叔跟平常一樣，一個人坐在樅樹下，等著山羊們的歸來。

海蒂一看見她的爺爺，便撲上去抱著他。那兩隻白色和褐色的山羊也跟了上去。原來山羊早就認得牠自己的主人和自己住的地方。

「再見，明天要一起去喔！」

彼得邊說邊走，帶著一群羊，走到山下的村裡去了。

「爺爺，今天山上真好看。山頂一下子變鮮紅色，一下子又變粉紅色。還有好多黃色和青色的花，我還採了一些來給爺爺。」

海蒂剛說完，就把包在圍裙裡的野花都撒落在爺爺的腳邊。但那些可憐的鮮花，這時候都枯凋得一點顏色和香氣也沒了。海蒂不敢相信，那就是剛才還長在山上，朵朵都那麼鮮艷的好花。海蒂失望地問說：

「爺爺，花兒怎麼都變成這樣了。」

爺爺溫柔地安慰她說：「花兒是愛在太陽下開的，她不愛被你包在圍裙裡。」

「喔！那我以後就不要再採花了。」

海蒂說完又順口問了：

「爺爺，山上的鳥為什麼要那樣一面叫，一個往半空裡飛呢？」

「你剛問完花，又來問鳥了。好吧！你先去洗個澡，我要去給羊擠奶了，等下吃飯的時候，我再告訴你。」

海蒂跟爺爺各自去做自己的事了，到吃飯時，她才剛坐在高板凳上，喝著羊奶，又問起爺爺剛才關於鳥的問題了。

「牠是在嘲笑下面的人，你看，山下那些人就是喜歡說閒話，真討厭！像我們這樣住在山頂，不是比住在那些俗人當中愉快得多。」

聽了爺爺的解釋，海蒂意猶未盡，又問了：

「爺爺，剛才山上突然都像著了火一樣，那又是怎麼一回事？」

「喔！那是太陽公公要和山嶺道別；太陽公公的意思是說：『我明天還要再來！』所以灑下這一片好看的風景，要大家別忘記它。」

這個說明使海蒂高興極了。她剛才問彼得沒得到滿意答案的問題，現在爺爺都告訴她了。那天夜裡，她睡在乾草的床上，做了一個像紅玫瑰一樣艷麗的夢。

海蒂就這樣每天跟彼得和山羊們到山上的牧場，在閃耀的日光下，和艷綠的花草們，過了一些日子之後，海蒂已經被曬得又紅又黑，而且又強壯又活潑，簡直和剛來時判若兩人了。她每天都是那麼的快樂。

但是，不知不覺就到了秋天，每逢吹起大風的日子，爺爺就對她說：

「海蒂，你今天就在家裡玩吧！像你這麼一點點的小孩子，山上的風太大，不要被風吹走了。」

每當彼得遇到這種壞天氣，一整天就都變得落寞寡歡。因為海蒂不能一起去，他就沒有那麼好的東西可吃，光就這一點來看，損失就夠大了。

還有更糟糕的，就是那些山羊們，也都和海蒂混熟了，只要一沒有她在眼前，連山羊也變得不大高興，根本不聽彼得指揮。

不過海蒂也真能「自得其樂」，隨時隨地都能發現使她高興的事物。所以即使被爺爺關在家裡，也不見得無聊。

她看見爺爺在家裡忙著做些木工，無論是在敲敲打打，還是在切切鋸鋸，爺爺做的每一件事，都讓她覺得有趣。甚至即使爺爺只是把袖子捲高，攪拌大鍋裡的羊奶，做成圓圓的大乾酪餅，在旁邊觀賞的海蒂，也覺得是一件快樂的事。

門外那三株樅樹，比夏天響得更厲害了。白晝的時間越來越短，氣溫也一天比一天降了下來，所以海蒂從櫥櫃裡取出她的長靴與襪子，還有那件厚外套。

彼得每天跑上來時，也要一路噓呵他那凍僵了的手。不久，又下了幾場大雪，彼得和山羊都不能上山來了。爺爺的小屋被掩蓋在白雪裡，連白晝也必須點上燈。遇著下雪，爺爺就要拿鏟子清除外邊的積雪，堆成一堆一堆的，屋子好像被眾山圍繞著。

清除了積雪，才能推開窗戶與大門，爺爺和海蒂也可以從窗口望到外界的雪景。剛巧這時，彼得正踏著雪爬上山來，因為他已經有一個禮拜沒看見海蒂了，所以今天乘著雪霽的空隙來探望她。

「早安，海蒂！」

彼得推開門進屋，嘴裡雖只這麼說了一聲極簡單的問候語，不過他的面孔卻明白顯露著很快樂的樣子，海蒂也十分高興能看見這位久別了的朋友。

「怎麼了？將軍！士兵都遣散了，換你這個將軍該去『啃鉛筆』了吧？」

海蒂聽不懂爺爺在說什麼，就問說：

「爺爺，什麼叫做『啃鉛筆』？」

「就是到了冬天，彼得要去學校上學了。他不會寫，只好在那裡啃鉛筆了。」

爺爺只對她說了這麼兩句話，就轉頭又朝著彼得說：

「讀讀寫寫恐怕比訓練山羊的軍隊還麻煩吧？將軍！」

「真的，爺爺說的沒錯，去學校好煩喔！」

海蒂還不知道「學校」是什麼，所以想詳細問一問彼得。可是彼得既不善於說話，而且又是那麼討厭學校，所以經海蒂一盤問，他更答不出來。

老人在一旁倒很高興的樣子，他很享受地在聽這兩個小孩子的談話。

「將軍，現在身體應該暖和點了吧！你就在這裡吃一頓飯好了。」

艾爾姆大叔說完這句話後，走近櫥邊，取出飯菜來；等他遞了一厚片上面還舖著一大塊牛肉的麵包時，彼得竟嚇得睜圓了那對眼睛，這真是他從未品嘗過的好吃東西。

臨走的時候，彼得才說明來意，原來是他的祖母和媽媽很想看看海蒂，問海蒂能不能去他家一趟。

海蒂從不曾到過別人的家，覺得這是很難得的機會，所以一直記在心裡。到了第二天早上，他趕緊去對她的爺爺說：

「我要去看看彼得的祖母，她一定在等著我的。」

「不行啦！外面的雪還是積得那麼深。」

爺爺阻止了她的計畫，不過無論如何，海蒂總想去彼得家一次，所以接下來差不多每天都要對爺爺說上五六次。

「我今天一定非去不可，婆婆為了等我，不知道急成什麼樣子了。」

五天之後，廣漠的雪原變成硬得像冰一樣，走起路來連鞋底也格格地作響了。終於這一天轉晴了，久別的陽光也從窗口射進來，在吃午飯時，海蒂又提起來說：

「今天我一定去，不要讓婆婆等得太可憐了。」

爺爺這次沒說不行了，一吃完飯後，他爬上閣樓裡，拿了海蒂當棉被蓋的麻布袋，然後又從羊舍裡拖出一架雪橇（注）。

爺爺先坐進橇裡，再把海蒂放在自己的膝上，用麻布袋將她緊裹著，並用左手緊抱在懷裡，使她不至於在雪橇行進間跌下去。艾爾姆大叔再把右手執住橇上的棍子，兩腳就那麼往後一蹴，雪橇就風馳電掣地自雪白的斜坡滑了下去了。

海蒂像在天空中飛翔的小鳥一樣，高興得不斷大聲叫喚。從山上到彼得的家，真的只須一蹴就到了。老人抱起海蒂，將她身上的麻布袋取下，然後對她說：

「這裡就是了，天一黑就要回去喔！」

海蒂推開門，先走進一間矮小黑暗的廚房，再推開另一房門，才有一間狹小的正房。這屋子完全不能和爺爺的家相比，是一家破舊不堪的鄉下房屋，房門口就放著一張桌子，一位婦人正在補綴著彼得常穿的襯衫。

在角落裡，一位曲著背的老太婆在紡紗。海蒂知道她一定是彼得的婆婆了，所以便走近她的身邊說：

「你好，婆婆。我來了，你等了很久了吧？」

老婦人抬起頭來，舉著手來摸著海蒂伸在她面前的小手。

「你就是艾爾姆大叔那裡的小女孩嗎？你是海蒂嗎？」

「是的，我就是海蒂，我剛才和爺爺一起坐雪橇下來的。」

「你說什麼？你的手這麼暖和，一點都不像是從外面進來的。碧姬，你看看艾爾姆

・**雪橇**（sled）　利用長條形平滑板塊在雪地上滑行的無輪交通工具，亦稱為冰橇或雪車。除了由狗或鹿拉動，也有以機械帶動的。

大叔是不是還在外面？」

彼得的母親拋開手上的針線走來，從頭至腳看了海蒂一會兒後才說：

「艾爾姆大叔怎麼會自己下山？一定是小孩子弄錯了吧！」

「沒錯，真的是爺爺把我用麻布袋包著，然後坐雪橇送我來的。」

「原來夏天時彼得所說的話是真的。不過，艾爾姆大叔怎麼會自己照顧小孩？聽起來真像是開玩笑。碧姬，來幫我看看，她是怎樣的一個小女孩？」

彼得的婆婆是個視障者，所以要叫媳婦來幫忙。

「媽，她跟她媽媽一個模樣的。小腿很長，將來一定會長很高。不過那烏黑的眼睛和鬈髮，卻像她的爺爺艾爾姆大叔。」

當大人們正在談論這些事時，海蒂就在房裡閒逛。突然她叫了起來：

「婆婆，你看！這個窗戶上的有塊板子快掉下來了，要趕快釘一個釘子，不然掉下來連窗子上的玻璃也會打破的。」

「好孩子，我看不見的。」

海蒂從未見過視障者，也搞不懂為何婆婆會看不見。

婆婆說：「不只是窗戶，這房子到處都破舊了，風一吹就嘩啦嘩啦地響個不停，夜裡根本無法入睡，可是又找不到人來幫我們修理。彼得還小，不會修理房子。」

「婆婆！你為什麼會看不見在那裡晃來晃去的窗子呢？你看，又開始搖起來了。」
婆婆說了：「海蒂，不只是那扇窗戶，無論什麼我都看不見啊！」
「我去把窗蓋打開，光線照進來，你就會看到了。」
「不行的，我已經失明了，沒有人能給我光線的。」
「我知道了，是因為這房子太黑了。婆婆，我扶你出去，我們到外邊有雪的地方就亮多了，那樣婆婆就會看得見了。」
海蒂根本不知道什麼叫做視障者，所以聽見彼得的婆婆說她看不見東西，心裡就很著急，婆婆告訴她：
「好孩子，還是讓我坐在這裡吧！無論在雪地裡，還是在陽光下，我看到的都還是一片黑暗。」
海蒂聽到婆婆說連外邊那樣明亮的白雪和太陽光，也透不進她的眼睛時，心裡就更急了，她含著眼淚，肯定地說：
「夏天太陽快下山時，整座山都會變成紅色，那時你就會看見了吧！」
「唉！孩子，不管什麼顏色，我都看不見了。」
海蒂哭了起來，嗚咽地說：
「有誰能使你的眼睛看得見？真的誰也做不到嗎？」

海蒂一哭起來，就無法止住。婆婆用各種方法都無法安撫她，只好對她說：

「孩子，你過來，握著婆婆的手。」

雖然還沒停止哭泣，但海蒂已經把手伸出來，握住婆婆的手了。這時婆婆才說：

「海蒂，不要哭，你聽我說。我們所遇到的每個環境，都有神的美意。我現在雖然什麼都看不見，可是對於別人溫柔善良的心，反而更容易感受，這樣對我其實更好。你坐下陪我談談吧！爺爺他在山上好嗎？他每天做些什麼事？我從前和你爺爺也很熟，但這幾年都沒機會聽到關於他的事了。」

別人一提起了爺爺，海蒂立刻想起一件事，所以又變得很快樂地說：

「你等一等吧！婆婆。等我回家時，告訴我爺爺。爺爺就會醫好你的眼睛，他一定會的，而且還要幫你修好房子。真的，爺爺什麼事都會做的。」

海蒂這樣說完後，又把爺爺和自己在山上的生活，一一告訴了那老婦人。連自己夏天時怎樣和彼得帶山羊到山上的牧場去，冬天和爺爺又是如何過日子，如何做板凳，以及家裡兩隻山羊的故事，甚至爺爺特地做給她的洗澡盆，喝羊奶的碗和羹匙等等的雜事，都一五一十的說了。

老婦人一邊熱心地傾聽著，一邊又朝著她的媳婦說：

「碧姬，真無法想像，艾爾姆大叔那樣的人也會這麼細心地照顧小孩。」

這時候門外忽然出現了粗重的腳步聲，原來正是彼得回來了。他一看見海蒂，就高興得只是笑。

婆婆嚇了一跳說：「今天怎麼過得特別快。彼得，你在學校學了些什麼？」

「還不就是那些東西！」

彼得這樣的回答，使剛才還很高興的婆婆，又嘆起了一口氣。

「你總是這個樣子，再過兩個月，你就滿十二歲了，也應該多告訴我幾句話啊！」

「婆婆，你要彼得告訴你什麼話？」海蒂問。

「我是要叫彼得多用功一點，多認得幾個字，可以看看書。你看，那架上有一本很舊的《祈禱書》（注），裡邊有好多很好的詩歌。我好幾年沒聽到，現在都已經忘了。我原本希望彼得能快點學會認字，就可以讀給我聽了。可惜他就是學不會。」

她們正在談天說地時，那位一直在補綴襯衣的婦人就說：

「天黑了，不點燈就看不見了。」

海蒂被這句話一提醒，立刻想起爺爺的叮嚀，站了起來道別，就向門口走去。

．**祈禱書**（breviary）　一種以《聖經》為依據，並加入其他基督徒著作中的金句，幫助基督徒每日靈修，以及在苦難中如何藉禱告來獲得盼望、忍耐與喜樂的書。

「海蒂，等一等，叫彼得送你去。碧姬，幫我看一下，她有沒有戴圍巾……」

婆婆還沒說完，彼得和他的媽媽已經拿著圍巾衝出門去，因為海蒂已經一個人走了；結果三個人都才剛離家門口不遠，就看見艾爾姆大叔正從那邊的山上滑了下來。

「你真乖，會聽我的話，海蒂。」

爺爺這麼稱讚了一聲，就用那隻大麻布袋裹在海蒂身上，抱在懷裡，匆匆忙忙向山上走去。碧姬眼看著這番光景，嚇了一跳，連忙跑進去告訴了婆婆。

婆婆聽了就和碧姬一樣覺得奇怪，艾爾姆大叔是個那麼頑固而又不容易親近的老頭子，怎麼會那樣對待海蒂呢？這時候彼得就在旁插嘴說：

「我不是早就說過了嗎？但你們就是不相信。」

海蒂在半路上，很想將今日的經過告訴爺爺，不過因為被麻布袋裹得太緊了，說了半天，爺爺還是聽不清楚。

「現在先別說了，回家後再慢慢說吧！我會專心聽你講的。」

海蒂記了這句話，因此一回到家中，從袋裡一鑽出來時，就便開口說：

「爺爺，你明天拿鐵鎚和長釘子，去替幫婆婆修一修窗子吧！婆婆說只要一刮風，房子都會響起來，就像快要倒塌了，嚇得她整夜都不敢睡覺，好可憐喔！明天我們一起去幫她修理一下好嗎？」

艾爾姆大叔看著海蒂的眼睛，一時間恍惚了起來。這小女孩的語氣雖溫柔，眼睛卻炯炯有神，讓聽到的人根本無法拒絕或遲疑，他只能說：

「好吧！明天再去。」

「爺爺，還有，婆婆的眼睛看不見東西，她說她看什麼都是黑黑的。爺爺你什麼事都會做，我想你一定會醫好她的，明天你就把她的眼睛醫好，可以嗎？」

老人痴痴地望著海蒂那十分相信自己的樣子，也只能說：

「海蒂，我明天就去幫她把窗子修好。」

爺爺是言出必行的。第二天下午，他又取出雪橇，帶海蒂一起出發，讓她在老婆婆的家門口下來，跟昨天一樣，囑咐她天一黑就要回家。

海蒂剛推開門，一跳進去，婆婆就在角落裡喊道：

「你又來了嗎？快請進來，請進來。」

海蒂走近她身邊，和她攀談了起來。這時候房子的牆壁忽然響了起來，老婦人嚇得停了紡紗的車子，恐怕房子真的要倒下來。海蒂趕緊抓著她的手說：

「不會倒的，婆婆。不要害怕，那是爺爺在修房子啦！修好了之後，你晚上睡覺時就不用怕了。」

老婦人聽見這話，又嚇了一跳，叫碧姬快出去望望看。果然艾爾姆大叔在破裂了的牆上，釘上了一塊新木板。碧姬走過去對他說：

「艾爾姆大叔，真的很謝謝你！婆婆也很想當面謝謝你，請你進來……」

艾爾姆大叔卻打斷她的話說：

「我這個人，和村裡的每個人都合不來，請你不要管我吧！我今天要趕著把這房子修好就是了。」

艾爾姆大叔的性情，村裡的人都知道。他向來說一是一，說二是二，碧姬也不敢多煩他，只好自己縮了回來。艾爾姆大叔整整修了半天，連屋頂也都修過了。到了天黑的時候，才又帶著海蒂回去。

這個冬天，對那失明的老婆婆來說，真是一個從來不曾有過的快樂季節。從前因為自己看不見，而且誰也不來過問，真是孤單得可憐；可是現在海蒂每天都到家裡來，使得這老婦人根本忘記了現在是冬天。

艾爾姆大叔每天都一樣，雖不走進房子裡來，卻一定會把海蒂送來。而且每次還帶些板子、釘子，來幫忙修理牆壁等等。因此，彼得家的房子穩牢了很多，就是刮風也不會發響，更不會搖動了。老婦人知道這都是艾爾姆大叔的幫忙，心裡高興得不得了。

匆匆一晃眼，兩個冬天過去了，那一年三月，海蒂已滿八歲了。每逢冬季都要停止放羊，要到村裡的學校的彼得，又替學校校長，帶來了一封催促海蒂上學的通知。

本來海蒂去年就應該入學的，校長也已經來通知了兩次，警告爺爺今年無論如何，一定要海蒂入學。不過艾爾姆大叔總是說：

「現在還不能送她去，有事就叫校長他自己來。」

待山上的雪一融化，山谷中已長滿青草的新芽。那已經丟下冬天重荷的樅樹，又重新自由輕快地在半空裡搖曳。海蒂總是跑到羊舍前去望望，又到樅樹下跑跑，或者站在門口，看看那青草一叢叢地從雪溶後的地面鑽出來。她是多麼快樂啊！

有一天早上，海蒂正在屋旁玩耍時，無意中看見了一個穿黑衣服的老人正在望著她，這動作使她嚇了一跳。那人看見海蒂吃驚的樣子，就溫柔地說：

「別怕，別怕，我最喜歡小孩子的，和我拉拉手吧！你叫海蒂嗎？爺爺呢？」

「爺爺正在桌上做木頭湯匙。」海蒂推開門說。

這位老人就是山下村裡的牧師，當艾爾姆大叔還住在村裡時，他就住在隔壁，所以對於他的往事都很明白，牧師一走進房裡，便對那專心一意低著頭做事的爺爺說：

「你好呀！老朋友。」

艾爾姆大叔抬頭一看，有點出乎意外，也站了起來，回問了一聲好。同時推一把椅子給這位不速之客說：

「這麼粗糙的木頭椅子，委屈點，坐一坐吧！」

「很久不見了？」

「是的，很久不見了。」

「我今天上山來的意思，想必你也大概知道了吧！」

牧師說完後，望著站在旁邊好奇張望的海蒂。同時艾爾姆大叔也看著她說：

「海蒂，你出去看看山羊，餵牠們吃一點鹽。」

海蒂聽說，走出去了。

牧師這次到山上來的用意，當然就是為了要催海蒂上學。

「艾爾姆，你到底怎麼想的？」

「牧師，謝謝你專程來一趟，但我還是不讓她去學校。」

客人吃驚不小地望著艾爾姆大叔：

「那麼，在這樣的山上，你想怎麼教養那小孩呢？」

「我想讓她在山羊和小鳥當中長大，得一輩子的幸福。這樣她就不會看到世間一切險惡卑污的事情了。」

「不過小孩子也是人，並非山羊或小鳥可以相比的。成天跟山羊和小鳥在一起，固然不會知道有什麼罪惡，可是卻連好的事物也都懵懂無知啊！所以現在你還是要讓她上學。總之，從今年冬季起，請你每天一定要讓她上學。」

「要是她無論如何都不肯去呢？」

「你要好好地教導她啦！」

牧師說這句話時，像有點著生氣了，但話鋒一轉，他又說了：

「艾爾姆，在這村裡，你和其他人相比，算得上是見過世面的，而且學問又好，應該不會不知道教育的重要，何況不讓小孩上學是違法的。」

「可是，牧師，你也幫我想一想啊！」

艾爾姆大叔盡量忍住了激惱的心情，放低聲音說：

「那麼小的孩子，你能讓她每天在天還沒亮的時候，就在風雪中出去，夜裡又在狂風中，凍得半生不死的回來嗎？而且她的母親從前曾有過夢遊症的，如果逼她太厲害，說不定會把她也逼出那種毛病來的。你想她是不是一定要冒著這麼大的危險去上學呢？就是和你到法院，我說的理由也會被法官接受的。」

牧師也承認他很有理由這樣辯駁，不過這些不便，並非不能避免的。只要艾爾姆大叔肯像從前那樣，搬到山下的德福里村去住就成了。

牧師這樣提議，艾爾姆大叔連想也不想就否決說：

「不，我絕不搬到村裡去住。在村裡即使是待上一分鐘，我都覺得是在浪費呼吸。村裡的人那麼輕蔑我，我也看不起他們；所以還是不相往來比較好。」

「哦，那可不成！」牧師熱心地說：「村裡的人固然有點畏懼你，可是也不至於恨你。所以你還是不要過於固執，只要好好和他們來往，時常也到教堂裡走走，誰還會有什麼話說呢？搬下山對你，對孩子，都是再好沒有的。你就答應我好嗎？」

艾爾姆大叔握住牧師的手，沉靜地說：

「我很感謝你的關心，不過我還是不願意送那小孩去上學，我自己也不願和村裡的人住在一起。」

「唉！那我只能再繼續為你和為海蒂禱告了。」

牧師說完，不勝感傷地站了起來，孤獨地往山下走去了。

3

只有一個名字

「你喜歡人家叫你做海蒂，還是叫你做愛得萊德？」克拉拉問。

「我只有海蒂這一個名字。」海蒂很神氣的說。

「那麼我也叫你海蒂吧！我覺得這名字很像你的樣子。」

好不容易，艾爾姆大叔送走了牧師。到了下午，海蒂又說要到婆婆家時，爺爺就陰沉著臉，粗率地回說：

「今天不去了。」

到了第二天，爺爺還是很不高興，但海蒂又做同樣的懇求時，他才開口說：

「好吧！等一會兒再去。」

可是當他們正在收拾午餐後的盤碗時，又來了一位不速之客。那就是前次被艾爾姆大叔趕跑，要她再也不要上山來的黛德阿姨。

她這次來時的衣著，比上次高貴華麗了許多。頭上戴著飾有鳥翎的漂亮帽子，還穿著長得已拖到地上的長裙，彷彿是在替木屋打掃灰塵。

爺爺只望了她一眼，又默不作聲；可是黛德卻不管這些，親熱地對他說話。她先開口稱讚海蒂長得好看活潑，然後再說明她這次突然來訪的理由。

據她熱心地述說，自從三年前把海蒂送到這山上來以後，就沒有一天忘記她。心裡總想著只要一有機會，就再來帶她下山去，好讓海蒂進學校，養成像富家千金那樣的氣質，剛巧這次她找到了一個很好的方法。

原來她聽說在她幫傭的勃茲爵士家裡，有一位很富裕的親戚，家裡有位長期生病、只能坐在輪椅上的獨生女兒，很想找一個老實可靠的小女孩做伴，所以黛德就提起了海蒂，他們也很高興。因此她這次上山來，就是想把海蒂接走。黛德興奮地說：

「海蒂若能到那華貴的大戶人家，就能成為那位小姐的朋友，可以一起讀書、學藝；萬一那家的獨生女死了，他們一定很捨不得，自然會轉移疼愛的目標，到時海蒂就……」

一直不出聲而聽著黛德說話的老人，忍到這時候才開口怒罵說：

「夠了，你的廢話說完了吧！有這麼好的機會，你去跟其他人說好了，我可不敢當。」

黛德一聽這話，立刻像彈簧一樣地從座位上跳起來，大聲地說：

「好啊！你既然那麼說，那我也管不了那麼多了。你想想看，這小孩子已經八歲了，連一個字母也不認識。我聽村裡的人說，你既不讓她去教會，也不送她上學，這是什麼道理？海蒂是我的外甥女，我想要她怎麼樣就怎麼樣，要打官司就打吧！反正村裡的人也都會幫我說話，最後看是誰打得贏？況且我還要提醒你，一個人要是進了法院，很多不想讓人知道的往事，也都會被挖出來。」

「滾！」

艾爾姆大叔大聲一喝，氣得眼睛都發紅了：

「滾！你給我滾！什麼都隨你去。你再也不要到我這裡來了。」

艾爾姆大叔大聲吆喝過後，便到屋外去了。

「阿姨，你惹爺爺生氣了！」海蒂不安地望著黛德。

「沒關係，他馬上就會好的。我們走吧！你的衣服放在什麼地方？」黛德匆忙地站起來說。

「我不去。」海蒂堅決地說。

「不要亂說。」黛德像在叱責，又像討好般地說。

剛說完這句話，黛德好像想起了什麼，又改用很溫柔的口氣：「海蒂，你不要固執。我帶你去的那地方，比爺爺這裡更好玩，只要你到我說的那地方去看看，保證你做夢也夢不到那裡有多好呢？」

黛德一面說，一面忙著從櫥櫃上取出海蒂的包袱。

「快點走吧！這是你的帽子，雖然很難看，不過也沒要緊，以後你就有新的了。先戴起來，快走吧！」

「我說過我不去了，我要在這裡陪爺爺。」海蒂又都起嘴說了。

黛德這次倒是沒生氣，慢慢地邊整理邊說：「海蒂，你怎麼變得像山羊那樣不聽話，一定是整天跟山羊在一起學壞的。你聽我說，爺爺剛才生氣了，你沒聽到他說，叫我們不要再來這裡了，不是嗎？他的意思就是要你不要再惹他生氣，不要出聲，趕快走了啦！而且你不知道法蘭克福多有漂亮，你先去看看，如果不高興，再回來這裡就好了，那時候爺爺也不會生氣了。」

「再回來？我們晚上就可以回來嗎？」

「現在還用不著想著回來的時間。總之，你先去看看再說。今天我們先下山，明天早上再坐火車去。我跟你說，火車在跑就像風一樣快，想回來時，只要『咻』一下子就回來了。」

黛德說完後就牽著海蒂，抱起包袱，一起走下山去了。

當她們走近婆婆的小屋時，剛巧碰到了彼得。因為天氣還冷，不能把山羊帶出來，他只好每天乖乖上學去了。不過彼得就是不喜歡上學，一有機會，他就溜出學校，跑進山林裡砍樹拾柴。今天他也正好背著一大捆柴回家。誰知無意中卻看見了她們兩人，所以便站住了說：

「你要去哪裡，海蒂？」

「我要跟黛德阿姨到法蘭克福一下。」海蒂說。

「法蘭克福在哪裡？」

「我也不知道，這樣吧！我先去告訴婆婆一聲，不然她今天又在等我了。」

黛德緊抓著海蒂的手，不讓她跑走，還大聲地說：「來不及了，等回來時再去看她就好了。」

因為恐怕海蒂一看見了婆婆，又會變卦而不肯去，所以黛德堅持不讓她去。彼得一看這情形，趕快跑進屋子裡，把背上的柴薪用力丟在地上，表達自己的懊惱。連看不見的婆婆也被落在地上的巨響給嚇了一跳，從紡車上跳起來喊著：

「什麼事？發生什麼事？」

彼得的媽媽碧姬，也被這聲音嚇得站起來說：

「怎麼了，彼得？為什麼那麼粗魯，你嚇到婆婆了，知道嗎？」

「她要把海蒂帶走啦！」

「帶誰走呀？彼得，你說是誰要帶走海蒂？」

婆婆戰戰兢兢地問。因為剛才聽碧姬在說，黛德上山到艾爾姆大叔的屋子去了，所以這老婦人更加不放心。她站了起來，用顫抖的手推開窗子，像懇求樣地大喊：

「黛德，黛德，請你不要帶她走，不要帶走那小孩啊！」

這淒厲的呼喚在山中似乎傳得特別遠，也傳到了匆忙從山上走下來的兩人耳中。

「等一下！我聽到是婆婆在喊叫，我去看一下怎麼回事？」

海蒂又想甩開那被緊握著的手，但這次黛德卻抓得更緊，似乎是下了決心不讓她走開。一方面又拚命地討好，騙海蒂說要去的那地方有多好玩，並且在她回來的時候，還可以帶很多禮物來給婆婆。海蒂被黛德這麼一騙，又轉了念頭，一直在想禮物的事了。

「我該帶些什麼禮物回來才好呢？」

「就帶些好吃的東西吧！」黛德答。

「那就帶柔軟的白麵包好了。婆婆年紀太大了，啃不動那種堅硬的黑麵包，帶白麵包回來，她一定很高興的。」

「對啊！婆婆以前牙齒就不好，總是嫌麵包太硬，所以每次都拿給彼得吃。海蒂，我們還是快點走吧！趕快去，然後馬上就回來，也許今天晚上，就可以送白麵包來給婆婆吃了啦！」

海蒂一聽到今天晚上就能帶白麵包回來，立刻換成她自己走到前面去了。到了山麓的村莊時，她看到更多人，也更加高興了。可是當村裡的人紛紛跑來想向她們問話時，黛德卻總是這麼說：

「你沒看到嗎？我們現在趕路必須趕得這麼快，有什麼問題，等下次再慢慢說吧！」

但黛德這樣一面趕路，又一面拒絕的動作，根本無法阻擋村民的好奇，問題還是一個接著一個。

「你要把那小孩子帶走嗎？」

「她是從艾爾姆大叔那裡逃出來的嗎？」
「奇怪！那小孩子怎麼能好好地活到現在？」
「她是怎麼變成有玫瑰色的臉孔和結實的身體？」
雖然問題一個一個被提起，但黛德已下定決心，完全不回應，只催著海蒂繼續趕路。
從那一天起，艾爾姆大叔的面孔就變得更恐怖，即使偶爾而有事下山來，也是一臉兇相，再也不和村裡的任何人打招呼了。
每逢他下山來時，背上總會背著一大包乾酪，手上則拿著一根粗木棍，那濃厚蓬鬆的眉毛，看來就像是一個剛從地獄爬上來的惡鬼；所以媽媽們總是吩咐自己的小孩說：
「小心，離艾爾姆大叔遠一點，不然會被他吃掉。」
每次艾爾姆大叔要到前邊谷底下的市集時，都會經過德福里村，他永遠都一樣，完全不看任何人一眼，冷漠地從他們身旁走過去。到了市集，他很快地把乾酪賣出，再換了些麵包和牛肉回山裡。
村裡的人們總是在他背後，隨便造出一些謠言。甚至有人還說：
「艾爾姆大叔的臉孔比從前更恐怖，也不對任何人說話，幸虧海蒂已經跑出來了，不然會被他虐待成什麼樣子呢？」

「怪不得上次她和黛德經過這裡時，都是用跑的，一定是害怕被艾爾姆大叔追過來又抓回去。」

「好可憐的孩子，她在山上和爺爺都過得是什麼樣的苦日子？」

唯一能同情艾爾姆大叔的，只剩下彼得的婆婆一個人了。她總希望村裡的人們能明白，艾爾姆大叔並不是他們眼中的那種壞人，大家都不知道他有多麼疼愛海蒂；而且她還舉出艾爾姆大叔幫她整修屋子的例子，證明艾爾姆大叔也有一副好心腸。但是誰也不相信他說的，還在背後嘲笑她說：

「這老太婆真可憐，本來就又老又瞎的，現在還得了幻想症。」

海蒂被阿姨帶走了之後，艾爾姆大叔也不再下山來了。彼得的婆婆只好回復以前那寂寞淒涼的日子，她常感嘆：

「唉！自從海蒂走了以後，就沒有任何可以高興的事。我的神呀！在我未死之前，請你讓我再聽到一次她的聲音吧！」

日子就在婆婆這樣朝朝暮暮的虔誠祈禱聲中過去。

另一方面，在法蘭克福那裡，塞萬先生豪宅的書房內，一位身懷重病，整天只能坐在輪椅上，就是想走動一步，也必須等別人推來推去的年輕女孩，她也虔誠地在向神禱告。

克拉拉是塞萬先生的獨生女，她雖然住在寬闊豪華的房子裡，每天卻只能過著呆板無聊的日子。她的母親早已去世，父親又因為了工作難得在家，所以克拉拉只能和女管家羅美爾小姐(注)兩個人過日子。

塞萬先生早就吩咐過羅美爾小姐，家中任何大事小事，都可由她做主。但這授權有個限制，就是不能違反克拉拉的想法。所以克拉拉在家中，總是任所欲為。不過這樣的自由，反而使克拉拉覺得更無聊了。

克拉拉今天坐在滿排著美麗書架的書房裡，那蒼白的小臉蛋兒正呆望著時鐘。她那一雙藍色的大眼睛，越是瞪著時鐘的針，越覺得時間過得太慢。她用不太高興的語氣，對那正在桌旁做針線的女管家問道：

「時間還沒到嗎？羅美爾小姐。」

克拉拉正在等著黛德帶海蒂趕快來，而這時候巧她們兩人也剛趕到那豪宅的門口。黛德抓住了一位剛從馬車上跳下來的馬車夫，向他說明她們兩人是專程來求見羅美爾小姐的。

「你要找羅美爾小姐？問我沒用，我又不是門房。」馬車夫不太高興地說。

黛德愣了一下，馬車夫似乎也發現自己的口氣不太友善，改口說：

「這樣吧！你搖幾下門上的鈴鐺，叫賽斯丁來好了。」

黛德照他說的，搖了一下鈴，門房賽斯丁立刻跑了出來。

「抱歉，我們雖然來得遲了一點，現在還可不可以去找羅美爾小姐？」黛德問。

「那不關我的事。你去搖一下另外那邊的鈴，叫緹妮來就好了。」

賽斯丁剛說完，又躲進屋子去了。

黛德沒辦法，只好又搖了一下另外的一個鈴。那位頭上帶著白頭巾的女僕緹妮跑了出來，但遠遠一看見黛德的穿著，就立刻停了下來，只站在石階的上層，毫不掩飾一臉不耐煩的表情，冷冷地問說：

「你有什麼事？」

黛德又把自己要見女管家的意思告訴了她；緹妮聽了也沒說什麼，走進屋子裡，過一會兒才又跑出來說：

「你進來吧！她正在等著你。」

黛德和海蒂兩個人就跟著緹妮上了石階，走進書房裡。黛德斯斯文文地站在房門口，緊緊抓住海蒂的手不放。羅美爾小姐嚴肅地站起來，想來看看黛德帶來的小孩子；

・**小姐（Fraulein）** 這是德語。凡是未嫁的女人，都稱做小姐，與年紀大小無關；但多用於尊稱家中的女管家或女教師。

但似乎很不滿意的樣子。

海蒂穿著一件粗笨窄小的絨線上衣，帽子不但破舊，還都被壓扁了。海蒂的眼睛在那帽子底下，一點也不害怕地望著女管家那梳得像寶塔一樣的頭髮。

「你，叫什麼名字？」羅美爾小姐在審察了一會兒後才開口。

「海蒂。」海蒂用很清晰，像銀鈴一般的聲音說。

「怎麼會有這種名字？我是問你的教名（注）。」

「教名？我沒有啊！我就是叫海蒂。」

「這是什麼話？」女管家搖搖頭說：「黛德，你說這小女孩是不懂規矩呢？還是智力有問題？」

「沒這麼嚴重啦！這小孩只是沒有見過世面，但她一點也不笨，也不是擺架子，只不過她一直住在山上，今天才第一次到大戶人家，所以不懂得說話的規矩。只要小姐您以後開導她一下，她很聰明，一定很快就可以學好的。她有教名，她祖父沒告訴她而已。她叫做愛得萊德（注），跟我的先姊，就是這小孩的媽媽一樣。」

「嗯！愛得萊德這名字就好叫多了。」

羅美爾小姐剛點了點頭說了這句話，黛德喘了口氣，忽然她又問了：

「可是，這小孩太小了吧？我前次不是對你說過的，要找一個和克拉拉小姐差不多年紀的女孩子嗎?克拉拉小姐已經十二歲了,你說,這小孩到底幾歲?」

黛德被這一問,剛才的靈敏瞬間消失,有點結巴地回答說:

「幾歲……幾歲,我也記不清楚了,大概是小了一點吧!不過也差不了多少,她應該是十歲,還是十一歲左右。」

「八歲,爺爺說我只有八歲。」海蒂毫不客氣地照直說了出來。

黛德趕緊用手肘頂了一下,想要制止海蒂說下去。不過海蒂卻不明白黛德為什麼要制止她,而且為什麼要說謊,騙人說她已經十歲了。

「什麼?你只有八歲?」

羅美爾小姐嚇了一跳,繼續追問:

「那不是差了四歲了嗎?這麼小的小孩有麼用處?你上過學嗎?讀過什麼書?」

「我沒上過學。」這麼多問題,海蒂只簡單回答了一句。

「你為什麼不上學?那麼,誰教你念書的?」

·**教名(Christian name)** 天主教的習俗,幼兒受洗時,教會所授予的名字,可以直接用聖徒、英雄或名人的名字的來命名。教名是社會共有的記憶,而不是父母親依照自己的期望而創造的名字。

·**愛得萊德(Adelaide)** 德語「高貴的;優雅的;上層社會的」。

「我也沒有念過書。爺爺說彼得才要念書，我不用。」

羅美爾小姐嚇了一跳，只好繼續追問：

「你書也不會念，字也不會寫；那麼，你到底學過些什麼呢？」

「我什麼也沒有學過。」海蒂坦然說。

「那你不能在這裡跟小姐做伴。」

羅美爾小姐不再問海蒂問題了，轉過頭來埋怨黛德說：

「這跟我們當初的約定不符，你到底帶這樣的小孩子來這裡做什麼？」

黛德這時反而不驚慌了，只勸羅美爾小姐不要著急，留海蒂在這裡試試看，幾天後這小孩子一定比誰都更會陪伴那行動不便的小姐。就這樣說完後，她轉了話題說：

「好了！我們家主人在等我了，對不起，我現在要走了。有事下次再說吧！」

黛德說到這裡，鞠了一個躬，連忙退出房外去了。羅美爾小姐愣了一下，立刻從黛德的背後趕了上去。只有海蒂，還是站在房門口。

克拉拉雖然一直不出聲，卻早就看在眼裡，到這時候才點一點頭，向海蒂打招呼：

「請你到這邊來！」

海蒂輕輕地走到她身邊。

「你喜歡人家叫你做海蒂，還是叫你做愛得萊德？」克拉拉問。

「我只有海蒂這一個名字。」海蒂很神氣地說。

「那麼我也叫你海蒂吧！我覺得這名字很像你的樣子。你的頭髮都剪得那麼短嗎？」

「是的。」

「你很想到法蘭克福來嗎？」

「不，我明天就要回去的。我還要帶很多白麵包回去給婆婆呢！」

海蒂對她講明了來意，克拉拉大聲地說：

「啊！多奇怪的小孩子。你不是要到我們家裡來，專程陪我讀書的嗎？可是你從來都沒有讀過書，那倒很有意思。我在這裡好無聊啊！我的老師，每天早上十點鐘就來，要上課到下午兩點鐘。他時常把書捧起來，放在他高度近視眼的眼睛前，幾乎黏在鼻子上，這時候其實他是在打呵欠。羅美爾小姐也會拿出一塊大手巾，像讀到了書本裡有什麼動心的故事那樣，其實也是在擦掉打呵欠時流出來的眼淚。我有的時候也真想打呵欠，可是必須拚命地忍住；因為羅美爾小姐一看見我打呵欠，她馬上就說我又有什麼地方不好，拿著魚肝油來逼我喝。我最不愛吃的就是魚肝油啦！可是以後就好了。老師教你讀書的時候，我就可以一面睡，一面聽了。」

海蒂聽說自己也要讀書，立刻搖了搖頭。克拉拉接著又說：

「不過，海蒂，你不學讀書寫字，那就不好啦！讀書很有用，而且我的老師也很好，他不會罵人。不過他講課時你就是聽不懂，也不要問他；因為他越講你越不懂。只要自己慢慢背起來，自然而然就會明白了。」

這時羅美爾小姐又回到房裡來了，她對著黛德埋怨，強調海蒂絕不能做克拉拉小姐的伴讀，要黛德趕緊把她帶回去；可是黛德卻不肯答應。

黛德說：「我是聽羅美爾小姐的吩咐，才專程去山上把她帶來的，現在也不能再送她回去了。要送回去，你自己找人去送。我現在要回我主人那裡了，你有話可以去跟我主人說。」

女管家被黛德這麼一說，非常不高興，只能在飯廳和書房中間走來走去，拿著那正在預備晚餐的賽斯丁出氣。

「明天早上再去想你偉大計畫吧！現在請你動作快一點。」

罵完賽斯丁之後，又大聲叫緹妮過來，可是緹妮一聽見了她那發脾氣的聲調，反而先發制人，自己生起氣來，口裡呢呢喃喃地抱怨，結果女管家反而不敢多說什麼，口氣冷漠地吩咐：

「那小孩子的房間，你去準備一下，該有的都有了，只要簡單掃一掃就可以了。」

「那就不用說了。」緹妮毫不客氣地這麼說了一句，便撅著嘴走開了。

賽斯丁剛才莫名其妙地被女管家罵了一頓，又不敢像緹妮那樣發脾氣，找好對著餐廳的門來出氣。他故意大力推開門，再推著克拉拉的輪椅進來，海蒂則是呆呆站在那裡，望著那抓著輪椅背後扶手的賽斯丁。

「你看什麼？」賽斯丁餘憤未消地大聲說著。

「你生氣的樣子真像彼得。」

女管家剛巧在這時候走進來，一看見這情形，就吃驚地說：

「怎麼回事？你這小孩子對佣人們說話，怎麼像對朋友那樣？」

賽斯丁把輪椅推了進來，扶著克拉拉坐起來。羅美爾小姐坐在克拉拉的旁邊，再叫海蒂坐在她自己的對面。在桌子上吃飯的只有他們三個人；賽斯丁捧著盤子站在那頭。海蒂看見自己的碟子上，擺著了似乎很好吃的白麵包，馬上就高興得睜大了眼睛。當賽斯丁捧著裝魚的碟子遞給她時，海蒂卻眼望著麵包說：

「我可以拿這個麵包嗎？」

賽斯丁點一點頭，向羅美爾小姐瞄了一眼。海蒂看見他點頭，就拿起一個麵包，塞在自己的口袋裡。賽斯丁的面孔立刻皺了起來。他極力忍住了笑，站在海蒂的身邊。

他是一個傭人，按禮節不能在餐廳裡開口；但是在海蒂還沒有接過盤子以前，他又不能走開。海蒂一點也不懂得這種大戶人家的規矩，所以很奇怪地望著站在自己身邊的賽斯丁說：

「我可以拿一點那盤裡的東西嗎？」

賽斯丁又點了點頭。

「那麼，隨便給我一樣吧！」

海蒂說了之後，就若無其事地望著盤子。這動作使賽斯丁真的忍不住想笑，連捧著盤子的雙手也抖了起來。

「夠了！把盤子放桌上，你退下去。」羅美爾小姐一臉不耐地說了，賽斯丁靜悄悄地退出去了。

等賽斯丁走遠了，羅美爾小姐才嘆了一口氣說：

「愛得萊德，我先教你一件最重要的規矩。吃飯時如果沒有什麼事要吩咐賽斯丁，不要跟他說話，下次可不要再像今天這樣了。還有，對緹妮也是一樣。」

然後她又說了一些普通的規矩，譬如從早上起床到夜裡睡覺時的規矩、開閉門戶的規矩、進出房間的規矩和收拾東西的規矩等等。這樣接二連三地說個不停，海蒂的眼睛已漸漸地朦朧起來了。

今天早上五點鐘就起身，經過長途的旅行，現在當然是想睡的時候了。所以不管羅美爾小姐怎麼叮嚀，海蒂最後還是靠在椅子上睡著了。

羅美爾小姐說到自己滿意了之後，才轉身問：

「你記住我剛才說的話嗎？」

「海蒂早就睡著了。」克拉拉笑著說。

她從來沒有遇見過像今天吃飯時那麼有趣的狀況，所以竟然很難得地笑了出來。

「多麻煩的小孩子啊！」

羅美爾小姐鼓著嘴，用力地搖了搖鈴。賽斯丁和緹妮都以為又有什麼大事了，趕快跑了進來。但是無論他們兩人怎麼叫喊，總是無法把海蒂叫醒。

最後，賽斯丁和緹妮也只好將她抱到臥房裡了。等海蒂醒來時，已經忘記自己身在何處。

她擦擦眼睛，向四周望了望。她發見了自己是睡在一張很高的、雪白的床上；清晨的陽光，由長垂的窗簾的間隙射了進來。在窗旁有兩張花綢的大椅子，竟是一樣的花色。在椅子的前面，有一張圓檯，角落裡另有一架梳妝台，這些都是她從來沒有看見過的。海蒂馬上就想起，自己已經在法蘭克福了。

海蒂漸漸想起了昨天會來這裡的經過，也想起朦朦朧朧中聽到的女管家的教訓。所以她趕快跳起來，換上衣服，跑到窗口去，因為她也想看看青空和曠闊的田園風景。

窗戶似乎都被笨厚的窗簾包圍了，她覺得自己就像被關在籠裡的小鳥一樣，雖然窗口很高，但她還是想望一望，所以一定要先有個墊腳的東西；而且即使能爬上窗口望到外面，也沒有海蒂所想看的東西。

無論走到那裡，能看到的都只是一些牆壁和窗戶。除了這兩樣東西，就再也看不到了，海蒂不覺心裡害怕了起來。

從前每天一醒起來，所看見的就是映在山上的太陽，或是正在呼嘯的樅樹，或是剛抬起頭來的花草。海蒂現在就像被關在籠裡的小鳥，從這個窗邊跑到那個窗邊，再從那個窗邊跑到這個窗邊，心裡只想推開一面窗子來看看，可是很不幸，連這小小的一點希望也不能達到。這時剛巧緹妮推開一條門縫，身子在門外，只把頭伸進來說：

「早餐準備好了。」

海蒂根本不明白這句話是用來請她去餐廳用餐，想再問個清楚，可是緹妮那一副不高興的面孔，似乎還是不問為妙。因此，她就像在山上和爺爺在一起吃飯時的習慣，先把檯下的椅子拖出來，就坐在椅上等。過了一會兒，羅美爾小姐就跑進來怒罵：

「愛得萊德，叫你吃飯你聽不懂嗎？趕快走！」

海蒂這才明白，剛才那女僕是要叫她到餐廳吃飯，乖乖跟著女管家走了。克拉拉今天看起來，比昨天海蒂剛到時有精神多了。

吃過飯之後，克拉拉的輪椅又被人推回書房裡。海蒂也一起跟了進去，在那裡等老師來上課。

「這個地方怎麼連天和地都看不見？」海蒂好奇地問。

「打開窗子不就看得見啦！」克拉拉覺得很可笑地說。

「可是窗子都開不開。」

「可以打開的。但我沒辦法幫你，只要叫賽斯丁過來，他就會幫我們開的。」

海蒂聽到這樣才放心，因為她感覺這房子就像監獄一樣。克拉拉問起海蒂家裡的事，海蒂很興奮地把爺爺家裡的山羊和開滿了花的牧場，通通告訴了她。

過了一會兒，家庭教師康達先生來了；羅美爾小姐先請他進客廳，和他談論海蒂的問題。她說：

「塞萬先生寫信回來時說，要請一個小女孩給克拉拉小姐做朋友，一切的待遇還要比照自己的女兒。可是送來的卻是個不識字的鄉下女孩，不但不曉得規矩，連字母(注)都看不懂，我看你要怎麼教？」

·**字母（Gothic type）** 十九世紀德文書籍還經常使用哥德字母，這雖然是一種很優美的拉丁字母書寫體，有如圖畫，現今也仍可見於一些標題或招牌。但對孩子來說，不要說是難寫，要辨識都不容易。

羅美爾小姐一開始抱怨就無法停止：「找到這個麻煩的傢伙，我根本沒有辦法，而且事情已經弄到這一步了，又不能由我趕她回去，所以我想請先生您開口，告訴塞萬先生，絕不能讓她和克拉拉一起讀書，這樣你輕鬆，我也可以輕鬆了。」

女管家本來是想用「借刀殺人」之計，讓康達先生向塞萬先生開口，很容易就能趕海蒂回去。可是康達先生是個很善良的人，聽了之後反而一再安慰羅美爾小姐：

「反正那個小孩來都已經來了，就先讓她留下來，我再慢慢地教導她吧！也許不久之後，她就可以趕上克拉拉，以後兩人在一起用功，那不是很好嗎？」

等康達先生一走進了書房，剩羅美爾小姐一個人留在客廳時，她對海蒂的厭惡就更加深了。但她也不能怪別人，因為是她自己囑咐黛德帶這個孩子來的，現在只好自己想辦法趕她走了。

「從來沒有看過那粗野的鄉下女孩，何況那麼小的孩子，主人還叫我們要對她就像對小姐一樣，有誰願意呢？」

羅美爾小姐正在喃喃自語，大發悶氣時，突然間聽見書房裡「砰」地一聲巨響，接著又傳出克拉拉呼喚賽斯丁的聲音，讓女管家嚇了一跳，趕快跑進書房裡來。天呀！地板上書本子和習字簿、墨水瓶等和檯布都被堆在一起，烏黑的墨水流得滿地都是，海蒂卻連影子都不見了。

「怎麼了？一定是那可惡的小鬼幹的吧！」女管家搓著手說。康達先生也束手無策，茫然地坐在那裡。只有克拉拉卻高興得不得了。她對著女管家說：

「是的，是海蒂弄翻了的，但是也不能怪她。海蒂一站起來時，無意中碰倒的。她一聽見外邊有馬車走過，便想跑去看；她一定從來都沒有看見過馬車的。」

「不管怎麼說，上課的時候總要坐好，不能亂動。那小孩子去哪裡了？一定是逃走了吧！」

女管家抱怨完就跑出了書房。一眼便看見海蒂正站在門口，專心地望著街上。

「你在做什麼？想逃走嗎？」羅美爾小姐大聲斥責。

「我剛才聽見了像是樅樹響的聲音，所以連忙跑出來看看，可是什麼也看不到。」海蒂一臉失望的樣子。

原來她聽見了馬車的聲音，就以為是風吹響了樅樹。

「樅樹？你現在又不是住在森林裡，哪裡會有樅樹？現在，你上樓看看，看你自己幹了些什麼好事？」

海蒂看見了自己做的事，嚇了一跳，她一心只想著快往外跑，一點也不知道已經闖下了大禍。

羅美爾小姐指著地上的墨水，嚴厲地說：

「你已經犯了一次錯，下次再這個樣子，我可就不原諒你了。上課的時候，就要規規矩矩地坐好，要不然我就拿繩子把你綁在椅子上。」

「我曉得了。下次不敢了。」

海蒂這時才知道，上課的時候一定要好好地坐在椅子上。

到了下午，克拉拉照例要睡一段很長時間的午覺。在這時候，海蒂就沒有事可做了。所以她想這時間，就可以叫賽斯丁來打開窗子，望望外面了。

當她站在要去餐廳就必須經過的走廊時，剛巧碰著賽斯丁捧著一個盛著銀茶具的盤子，要從那裡走過。海蒂以為機不可失，就照著羅美爾小姐喊他的口吻，忽然喊著：

「賽斯丁！」

賽斯丁嚇了一跳，帶著幾分恭敬的態度說：

「有什麼事吩咐，小姐？」

「有點事要你做。」

「你怎麼跟羅美爾小姐那樣？昨天你不是這要說話的。」賽斯丁還是很客氣地說。

「喔！羅美爾小姐規定，說要和你們講話時，就要照她那個樣子。」

賽斯丁聽了海蒂的童言童語，不禁笑了起來。原來她是照著羅美爾小姐的規定，賽斯丁也就用很莊嚴的語氣問：

「那麼，您有什麼事要吩咐我呢？小姐！」

「小姐？我昨天多了個名字叫愛得萊德，今天又多了個名字叫小姐。你們這裡是不是每天都有不同的名字，我其實是叫海蒂啦！」

賽斯丁聽到這裡，更是大笑起來了。

「可是吩咐我要叫你做『小姐』的，與吩咐你要對我這樣說話的，都是同一個人，我也要聽她的命令啊！」

「喔！那麼你不叫我小姐就不行了。」

海蒂的心裡以為，凡是羅美爾小姐的吩咐，大家都要服從的。

「好吧！我現在記住了，我有三個名字了。我叫海蒂，可是羅美爾小姐叫我愛得萊德，你叫我小姐。」

賽斯丁難得高興地問著：「小姐，您有什麼事叫我？」

「我想叫你教我怎麼開窗子。」

「啊！很簡單，這樣就能推開了。」賽斯丁推開一扇大窗子說。

可是海蒂還沒有窗緣那麼高，根本推不到；所以賽斯丁就給她搬來了一張高板凳。

海蒂以為現在就可以望見自己想看的東西了，連忙爬上那板凳，可是立即又呈現了失望的表情，回過頭來說：

「我只看得到石子路與房子。賽斯丁，我到外面就能看到山嗎？」

「外面也一樣只能看到石子路與房子。」

「那要到哪裡才可以看得見山呢？」

「這裡都看不到，只有爬上教堂裡的尖塔，才能看見山。你看那邊不是有個像金球一樣的屋背嗎？你走到那裡，就可以看到了。」

海蒂一聽到這樣，連忙從板凳上跳下來，一直往屋外跑出去了。

4

塞萬先生的決定

「羅美爾小姐，我希望你能好好看待她，
就是有些奇怪的舉動，也不要過度責罵。
如果你真的會嫌太麻煩，剛好我的母親，
不久就要到家裡來，你把海蒂交給她照顧好了。」

海蒂不顧一切地衝出門外，不過一到路上，就發現麻煩大了。原本從窗口那裡張望時，覺得那麼近的金塔，一走起來，卻怎麼走也走不到。

在從未走過的路上轉來轉去，雖然很多人在路上來來往往，但都來去匆匆，根本沒人可以問路。好不容易在一個街角處，遇到一個小孩子，肩上背了一個手風琴（注），懷裡抱著一隻奇怪的動物站在那裡，海蒂就走近去問那小孩子說：

「請問有金球的尖塔在什麼地方？」

「不知道。」那小孩子說。

「有誰曉得嗎？」

「不知道。」

「那麼，隨便哪一個塔都行，你知道哪裡有個有尖塔的教堂？」

「這個我知道有一個。」

「請告訴我，我該怎麼走？」

「不行，你要給我帶路費。」

那小孩子一面說，一面把手伸了出來。海蒂身上沒錢，就把今早克拉拉剛給了她的一張很美麗的畫片，從衣袋裡取了出來。她心裡雖然覺得很捨不得，因為畫片裡畫的是風景優美的山谷，讓她想起了爺爺的家，很捨不得給別人。但是那小孩子根本不伸手來接，只搖搖頭說：
「我要銅板，不要這個。」
「我沒有銅板，但克拉拉有的，我向她要了後給你好了。你要多少個銅板？」
「兩個。」
「好，你先帶我去。」
過了一會兒，那小孩子就把海蒂帶到一個有高塔的教堂前，但大門卻閉得緊緊的。
「怎麼進去呢？」
「不知道。」
「幫我看看牆上有沒有鈴，也許像叫賽斯丁那樣，搖一下鈴就會有人來開門吧！」
兩人仔細一看，牆上果然有個鈴。可是海蒂也不認得回家的路，所以就和那小孩子約好，多給他兩個銅板，小孩子答應會在門口等她。
海蒂搖了一搖鈴，果然有人出來幫她開門。他是看守這尖塔的老頭子，一看見門外是兩個小孩子，立刻怒斥：

・**手風琴（Akkordeon）** 德文裡描述一種附有鍵盤的自由簧風琴族樂器。彈奏時中央部份需要左右伸縮，以引入氣流顫動琴內的簧片發聲。在十八世紀的歐洲，貴族子弟都直接學習鋼琴，手風琴則是流浪藝人在使用。

「你們不要胡鬧，那裡不是寫著很清楚嗎？『登塔者請按鈴』，你們是誰家的孩子，不要來這裡胡鬧。」

「我們沒胡鬧，我們就是專程來登塔的。」海蒂說。

這句話使那老人嚇了一跳。

「什麼話？小孩子不能上去，那麼高，跌下來可不是開玩笑的。快點回去吧！」

老人說完就想關門，可是海蒂卻牽住他的上衣，一直哀求他。

「求求你，讓我上去看爺爺，我看一下就下來。」

老人看見海蒂含淚的眼睛裡，卻有著堅毅的神情，也就心軟了，不但答應，還牽著她走上去。等走到最高一層時，老人還抱起海蒂，讓她往塔下張望。

但海蒂還是失望了。她所能看得到的，只是人家的屋脊、高塔和煙囪等東西；根本看不到心裡所渴望的綠色斜坡，和那美麗山谷的影子。

再從塔內窄小的梯子走下來，剛走到老人住的房門口時，忽然看見在那邊有一個大籠子，籠子旁邊蹲著一隻大灰貓，那貓一看見老人和海蒂，立刻就張牙舞爪了起來。海蒂從來沒有看過這麼好看的貓，但卻被牠的凶惡樣子嚇了一跳，只敢站在那裡觀望。

「不用怕的，牠剛生小貓，那樣子只是為了保護自己的孩子，你走近去看看吧！旁邊還有好多小貓。」老人說。

海蒂依老人說的，走近一看，果然籠裡還有七隻小貓，正在打滾玩鬧。海蒂心想：「如果把這麼好看的小貓帶回家，克拉拉不知道會多高興呢？」

其實海蒂不只是想要來給克拉拉作伴，她自己也想要，所以就跟老人都要了來，並且拜託老人送到家裡。母貓陪伴老人在教堂裡多年了，老人聽說小貓能有去處，也很高興地詢問海蒂住在哪裡？

「對不起，我昨天才來塞萬先生的家裡，你知道他家在哪裡嗎？就是門口有一對金色的狗頭，很好認的。」

老人一聽就笑著說：「我知道，我和賽斯丁還是好朋友呢！」

海蒂這時又說：「我現在可以先帶兩隻回去嗎？一隻我的，一隻是給克拉拉的。」

老人答應了，幫她抓了兩隻，分別放在海蒂的左右兩個口袋裡。當她走出來時，剛才帶路的那小孩子，還坐在教堂的石階上等著她。這小孩子並不認識塞萬先生的家，不過聽海蒂說是一家很大很大的房子，門前還有金的狗頭，狗嘴裡還裝有鈴鐺；這對每天都在街上流浪的他來說，一聽就知道是哪一家了。

過了一會兒，他就把海蒂帶到那門前有個金狗頭的大房子門口。海蒂一搖鈴，賽斯丁就跑了出來，一看見是海蒂時，他連忙說：

「快點，快點。」

海蒂剛走進去，賽斯丁順手就把門關起來了，他一點也沒有注意到那個和海蒂一起來的小孩子。

「趕快到餐廳，大家都在吃飯了。羅美爾小姐氣得滿臉通紅，你要小心了。」

海蒂跑進餐廳，女管家看也不看她，克拉拉也不跟她說話。大家都像很不高興，沒有任何聲音。最後羅美爾小姐才打破沉默，怒氣騰騰地說：

「愛得萊德！等一等我再告訴你詳細的家規，不過像你這樣不說一聲就跑出去，到哪裡去玩耍也沒人知道，這樣胡鬧可以嗎？你到底想怎麼樣？」

「喵！」

女管家一聽到海蒂這意外的回話，更加憤怒地說：

「愛得萊德！你自己做錯了事，還想拿我來開玩笑嗎？」

「不是的。」

海蒂剛一開口，馬上又聽見了那怪聲音。

「喵！」

「你不回答我的話，還假裝貓叫的聲音，你太胡鬧了！」

女管家氣紅了面孔，罵說：「現在，你不准吃飯了，立刻出去！」

海蒂被嚇到發抖了，站起身還想再解釋，剛說了一個「我」字時，又是一陣「喵！

喵！喵！」的怪聲。

克拉拉也看不過去了，插嘴說：

「海蒂，你也太過分了，怪不得羅美爾小姐要生氣。你為什要學貓叫呢？」

「不是我學的，是真的小貓在叫啦！」

「什麼？小貓？」

女管家嚇得叫起來，「賽斯丁！緹妮！快把那些骯髒的東西丟掉，通通丟掉。」

羅美爾小姐一邊叫喚著，一邊趕快躲進書房裡，把門也關起來了。因為女管家最怕貓的。等賽斯丁跑進來，發現克拉拉正高興得將小貓抱在膝上，和海蒂一起在抱著牠在玩耍。克拉拉這時就說：

「賽斯丁，你一定要幫我這個忙，趕快幫小貓做個床。這是我們的秘密，不要被羅美爾小姐看見。」

「好的。我會找個籠子，把牠們裝在籠裡，放在羅美爾小姐不會走近的地方。你放心交給我好了。」賽斯丁高高興興地答應了，因為他聽到克拉拉和海蒂一樣，用他從未聽過的親切語氣跟他說話。

第二天早上，賽斯丁剛把康德先生帶到書房裡，回來時就聽見門口的鈴響得吵人。這樣的搖鈴方法，除了主人塞萬先生以外，其他人是不敢這麼大膽的。可是主人又不會在這時候突然回來。

不過他還是趕快跑去開門了。結果門一打開，他嚇了一跳。一個衣衫襤褸的小孩子，背著一個風琴站在那裡。

「你為什麼那樣子亂搖門鈴呢？」賽斯丁斥問。

「我來找克拉拉的。」小孩子說。

「你說什麼話，像你這樣骯髒的乞丐，也敢說要來找我們小姐，你不要命了嗎？」

「她昨天欠了我四個銅板，所以我來找她要。」

「你發瘋了吧？不過你這小鬼怎麼曉得我們小姐叫克拉拉呢？」

「我昨天為她帶路，她答應說要給我的。帶她去那一趟是兩個銅板，帶她回來又是兩個銅板，一共四個銅板。」

「不要胡說八道！我們家小姐生病了，連路都不會走的。你趕快給我滾出去，不要等我動手。」

可是那小孩子還是不死心地說：「昨天她明明跟我一起走過路的。我還記得她的樣子，她的頭髮很短，有點捲曲，眼睛是黑的，說話帶點土音。」

賽斯丁一聽，馬上知道他是把海蒂當作克拉拉了。因此，就讓他走進來，站在書房前，然後叮嚀說：

「我曉得你要找誰了。你先在這裡等著，沒等到我叫你，不許進來喔！等一下我喊你時，你一進來馬上就要演奏手風琴，曉得了嗎？小姐最愛聽音樂的。」

接著賽斯丁就走進書房裡，告訴克拉拉說有一位客人說要來找小姐。克拉拉一聽就覺得很高興，因為從來沒有外人上門說要找她，就對賽斯丁說：

「先生，有人說要來看我，那當然不能不請他進來吧？」

但賽斯丁還沒有開口，那小孩子已跳了進來，同時彈奏起手風琴來了。

這時候，羅美爾小姐正在她自己的臥房裡，也聽見了這手風琴的聲音，最初她還以為是人家在街上彈的，可是聲音聽來那麼近，所以心裡覺得奇怪；不過她怎麼想，也想不到聲音是來自克拉拉的書房。

羅美爾小姐走過狹長的走廊，輕輕地推開房門一看時，不禁嚇了一跳。房間裡有一個滿身襤褸的小孩子在彈奏手風琴。康達先生朗讀的書聲，被手風琴聲混得幾乎聽不到，克拉拉和海蒂則非常歡喜地在聆聽著音樂。

「出去，出去！趕快出去！」羅美爾小姐跳了進來大喊。

可是女管家的喝斥聲音，也被風琴聲壓了下去。羅美爾小姐發了脾氣，正想去推那小孩子時，誰知有一個嚇人的東西纏在腳邊想爬上來。

女管家一看，腳邊竟然是一隻大烏龜，嚇得跳了起來，拚命地放大喉嚨喊道：

「賽斯丁！賽斯丁！」

賽斯丁老早就躲在一邊，忍著笑在看這遊戲怎麼收場了。這時候她就跑了進來。

「把那小孩子和烏龜帶出去，快點！快點！」

賽斯丁正拉著那小孩子走時，小孩子順手把烏龜也抓起來了。走到門口時，賽斯丁隨手塞了十幾個銅板在小孩子的手裡說：

「我把小姐欠你的四個銅板還給你，其餘的算是賞你演奏手風琴的。還滿意吧？」

小孩子一下子收到十幾銅板，很高興地千謝萬謝之後走了，書房裡才平靜下來，大家又重新念書。

羅美爾小姐這次不敢再離開書房了，乾脆坐在那裡監視。但過不了一會兒，賽斯丁又敲門進來，說是有人送了一個大籠子來，說要交給小姐的。

克拉拉嚇了一跳，很奇怪地說：「給我的？誰會給我東西，趕快拿給我看看。」

賽斯丁提著一個大籠子進來，放下之後又退出去了。

「那籠子等康達老師說下課了之後再打開。」羅美爾小姐說。

克拉拉心裡掛念著，要趕快看看裡面到底有什麼東西，所以總是朝著那方看。在康達老師教到文法的詞類變化時，她突然就問起來：

「老師，我可以看一看那籠子裡到底裝的是什麼東西嗎？」

「你如果心裡一直在想，不能專心，我是不反對你打開看一下；可是羅美爾小姐已經先說了要等下課後再看，我也要聽她的指示。我看這樣……」

康達先生這句話還沒說完，那籠子的籠蓋不知為什麼鬆開了，從裡面跳出了一隻、兩隻、三隻、接連地還有兩隻小貓爬了出來，牠們在地上亂跑，每一隻都是跑得那麼快，幾乎使人覺得整個房間裡都是貓兒了。

牠們有的跳到康達先生的書本上；有的咬住他的褲腳；有的爬上了羅美爾小姐的衣裳，或是滾在她的腳邊；還有的鑽進了克拉拉的輪椅底下，書房裡難得一次這麼熱鬧。克拉拉真是高興極了。

「哇！那麼小的貓，好可愛喔！海蒂，你看這隻。喔！那裡也有。」

海蒂也很高興，跟著一群小貓亂跑。康達先生束手無策，站在一邊，兩腳一提一跳地就怕被小貓抓住了。羅美爾小姐一開始更是被嚇得連話也說不出來，過了一會兒，才定下心來，拚命地大聲喊著：

「緹妮，賽斯丁，立刻進來。」

緹妮與賽斯丁在外面聽到管家呼喚，匆忙地跑進來，好不容易才把那五隻小貓都抓住了，裝進籠子裡，由賽斯丁負責拿出去，但他還是拿到昨天放那兩隻的地方，所以現在家裡就有了七隻小貓。

因為風琴與貓咪的騷擾，今天的課程只好暫時中止了，康達先生也就告辭回家了。到了夜裡，羅美爾小姐一查，就知道了這兩件事，都和海蒂昨天下午的逃家有關，這次她氣得臉孔都發青了，於是她說：

「愛得萊德，你這山裡來的野蠻人，為了要懲戒你，免得下次你又犯下這種沒規矩的錯，我要把你關進那有很多老鼠和甲蟲的地窖裡去。」

海蒂雖然默不做聲地聽著羅美爾小姐責罵，心裡卻覺得十分奇怪。爺爺家裡也有地窖，她知道什麼是地窖。不過爺爺家裡的地窖，都是裝滿了乾酪、羊奶和其他各式各樣的美味，是海蒂什麼時候都想進去玩的地方。

女管家氣得跳了起來，要將海蒂關進地窖，海蒂還以為地窖是個樂園，幸好到了最後關頭，克拉拉終於說話了：

「羅美爾小姐，先不要生氣，反正爸爸不久就要回來了，如果是海蒂非要受罰不可，那也要等爸爸來罰她，這件事就先記下來，爸爸回來時，我會告訴他。」

克拉拉開口了，羅美爾小姐也沒辦法，只好帶著怨氣說：

「那就照小姐您說的處理，但塞萬先生回來時，我也有些話會告訴他。」

接下來的兩天，日子平平安安過去了。可是羅美爾小姐餘怒未消，她覺得自從海蒂來了以後，家裡總是一場糊塗，所以心裡很不高興。

相反的，克拉拉自從有海蒂來做伴以後，無時無刻不是活活潑潑地精神百倍。就是在那最無聊難過的上課時間，海蒂也都會做出許多好笑的事，時間很快就混過去了。

例如康達先生在教海蒂認識字母時，海蒂總是聽不懂，所以康達先生便想其他的法子來教導她，告訴她這個字母要像畫一個小角那樣開始寫，那個字母要像麻雀的嘴一樣彎彎的；這麼一解釋，原本無精打采的海蒂，聽到這裡就興高采烈地喚了起來：

「我知道了，這個字母是山羊，那個字母就是山上的老鷹。」

到了午後，海蒂和克拉拉在一起玩耍時，總是會告訴她山上的一些故事，這樣子海蒂越說，就越戀慕那山上的舊巢了。

「我想回家。我明天一定要回家了。」

每當海蒂這麼說，克拉拉總是勸她，等爸爸回來時再說，爸爸一定會讓她在回山上時，帶更多的禮物回去。海蒂聽她這麼說，也就回心轉意，願意再等下去。

其實海蒂心裡，也有一件不可告人的心事。自從到了克拉拉家裡，她就預備了回去時要送給婆婆的白麵包。現在每天她午飯留一個，晚飯再留一個，每天加起來就是兩個，所以如果自己多等一天，回去時就可以給婆婆多帶兩個白麵包。

但是她還是想家、想爺爺，而且她記得黛德阿姨對她說過：「要回去的話，什麼時候都可以回去。」有一天，海蒂終於下了決心，我現在就要回去，於是將她這幾天來儲存的白麵包，全都包在那條紅披肩裡紮好，戴上自己那一頂舊麥桿帽子，沿著樓梯走下去了。

誰知正想跨出大門時，就碰著剛從外邊散步回來的羅美爾小姐。那女管家嚇了一跳，停在那裡，看著海蒂手上的紅色包袱說：

「你要到哪裡去？我不是告訴過你了嗎。吩咐你不要不出聲就出去，你是不是又想逃出去，像乞丐一樣亂跑嗎？」

「我不是出去亂跑，我是想回家。」海蒂畏畏縮縮地說。

「你說什麼？回家？你想回家？」

女管家發怒了，抓住海蒂的手說：

「我們這樣子對待你，你還有什麼不滿意？回家，你家有這麼漂亮的房子嗎？你吃過這麼好的飯菜嗎？」

「沒有。」

「你看，那你這樣做，不是身在福中不知福嗎？虧你還好意思說要回去。對你太好了，你反而沒有分寸。」

「我只是想回家啊！我在這裡住太久了，雪兒沒看到我會哭，婆婆也在等著我，金雀一定會被彼得鞭打，而彼得也沒有人會給他乾酪吃了。而且在這裡，都看不見太陽公公和山嶺道別。如果在法蘭克福的天上，有大鳥飛過時，牠一定比平時更大聲的叫，告訴大家，不要再吵嘴，不要打架，不如到山巖上去住比較好。」

「天啊！這小孩發瘋了！」

女管家一聽海蒂的童言童語，就覺得海蒂一定是發瘋了，慌亂地大聲叫喊：

「賽斯丁，賽斯丁，快把愛得萊德拖進來。」

她一邊喊，一邊想轉身走進屋裡，剛巧和聽到大喊而跑來的賽斯丁撞在一起，頭上被撞出一個大包。她只好一路摸著額頭，一路跑上樓上去了。賽斯丁也揉著被碰痛了的頭，走近海蒂，慢慢地哄了一會兒，才把她引進屋裡來。

「你不要那麼傷心啦！來，提起精神。你不過被罵了幾句話；你看我，我比你倒楣多了，我頭上這個包，現在比頭還大了吧！」

賽斯丁嘴裡雖然是在說笑，可是看見海蒂傷心的樣子，心裡也很可憐她。

「不要垂頭喪氣啦！你知道嗎？那七隻小貓玩得好起勁，像發了瘋似地亂跑。等一下羅美爾小姐出去以後，我們再偷偷跑去看看吧！」

可是海蒂還是沒有一點高興的樣子，傷心地回房裡去了。

吃晚飯的時候，羅美爾小姐一句話也沒說，只是望著海蒂，恐怕她又做出什麼瘋狂的事來。但是海蒂卻只迅速地拿了白麵包，直接塞進口袋裡，然後再也不動了，連飯也沒吃。

到了第二天，康達先生來上課的時候，女管家就告訴他，關於海蒂昨天突然發瘋時說的話，問他是不是因為環境和生活的不同，使海蒂變得神智失常。不過康達先生還是安慰羅美爾小姐說：

「這小孩雖然有點奇怪的舉動，可是精神上沒有什麼毛病，你只要好好地照顧她，不久就可以安靜的。我們還是等塞萬先生回來後，再由他來定奪吧！」

康達先生會這樣說，是因為他也很喜歡海蒂。雖然她還無法寫出正確的字母，可是有她在家裡，自己與克拉拉都覺得上課有趣多了。

羅美爾小姐聽了康達先生的話，心裡的大石頭才放下來了。不過到了午後，又想起了昨天這時候，正是海蒂想逃走的時間，還好自己碰巧遇著才拖了回來；現在她又擔心，等一下不知道又要鬧出什麼事來。不過她回頭一想：

「她還是個小孩子，只要給她縫幾件衣裳，或許就可以哄著她，忘記要回家的事。而且塞萬先生馬上就要回來，要是她還穿得這樣破破爛爛，主人一定會責怪我的。」

女管家想到這裡，趕快去和克拉拉商量，問她是否可以將已經穿不下的衣服，挑幾件出來送給海蒂。

克拉拉一聽，毫不考慮立刻答應了說：

「只要海蒂喜歡，無論帽子、衣服，通通都給她。」

因此，羅美爾小姐便到樓上海蒂的房間，看看海蒂到底帶來了些什麼衣裳？還要添置一些什麼東西？可是女管家一進到海蒂的房間，馬上又慌張地跑了下來大喊：

「愛得萊德，你的衣櫃裡的，裝的都是什麼東西？」

「白麵包啊！婆婆的牙齒不好，咬不動黑麵包，黛德阿姨說我來這裡可以拿很多麵包回去給婆婆。」

「我從沒聽過，麵包可以放在衣櫥裡的，你太胡鬧了。緹妮，立刻過來。」

女管家呼喚那正在隔壁房裡的女傭人，聲音大到連克拉拉都聽到了，緹妮才一副心不甘、情不願地走過來。

「緹妮，你到樓上去，把愛得萊德衣櫥裡的麵包都拿出來。還有檯子上的那頂舊麥桿帽子，也一起丟掉。」

海蒂立刻大喊：「不能丟，帽子是我最寶貴的，麵包是要給婆婆的，不能丟。」

雖然海蒂跳起來想去阻止緹妮，可是卻給女管家抓住了，還喝斥她：

「你站在這裡，不准動！聽好，在這個房子裡，麵包是麵包，雜物是雜物，各有各該擺的地方，不能放在一起。」

海蒂聽到這裡，絕望地趴在克拉拉的輪椅邊放聲大哭。

「婆婆的麵包沒有了，那是我特別留給婆婆的，現在卻被她拿走了。婆婆一個也拿不到了。」

海蒂一邊說，一邊嗚咽，聲音越哭越大，幾乎泣不成聲了。羅美爾小姐懶得理她，自己走了出去。克拉拉被她的哭聲嚇了一跳，不知要如何是好，只好溫柔地安慰她：

「海蒂，海蒂，不要哭了啦！你聽我說，等你回去的時候，我再給你那麼多的麵包好了。而且我還會給你更多更多的。你留起來放在衣櫥裡的都會變硬，而且會發霉。我會給你更新鮮，更好吃的。好了，你不要再哭了。」

可是海蒂還噓噓唏唏地哭了一會兒，心裡雖然很高興克拉拉的承諾，但總還是忍不住要哭出來。

「一定喔！要給我一樣多的白麵包，婆婆很想吃白麵包。」

海蒂依然抽抽噎噎地在叮囑，克拉拉很溫柔地安慰她說：

「一定，一定的。我還要給你更多更多，但你一定要高高興興的。」

到了吃晚餐的時候，海蒂還是眼睛哭得通紅地就座。一看見麵包，她又想哭起來了，可是因為女管家早已有過了命令，在吃飯的時候，一定要保持肅靜；所以海蒂也只好忍淚吞聲了。

那天夜裡，賽斯丁每一次望到海蒂時，總是鬼頭鬼腦地在打暗號。他指指自己的頭，又指指海蒂的頭，再點點頭，似乎是在說：

「你放心好了，我都辦妥了。」

不過海蒂根本不知道那是什麼意思，等到她回自己的房裡想睡覺時，才看見那頂被緹妮拿去丟掉的舊麥桿帽子，依然放在原處。海蒂興奮地捧了起來，用手巾好好地包好，然後又藏進衣櫥裡最深的地方。

原來這都是賽斯丁做的。因為白天賽斯丁剛巧在餐廳裡，所以女管家吩咐緹妮的話，以及海蒂的傷心啼哭，他都聽清楚了。因此，當緹妮從海蒂的房裡，拿著麵包和帽子出來的時候，賽斯丁就對她說：

「那頂破爛帽子，讓我替你拿去丟了吧！」

但他卻偷偷地藏起來，又還給海蒂了。

這件事情發生過後沒多久，有一天塞萬先生的家裡，又出現了一次更大的騷動；但這次騷動就與海蒂無關了。

從早到晚，賽斯丁和緹妮都忙著在樓梯間跑上跑下，這次是因為主人塞萬先生旅行回來，他每次回來，都要買很多東西，所以賽斯丁和緹妮兩人，要從馬車上搬下來很多行李。

塞萬先生踏進門裡的第一件事，就是先去看克拉拉。因為他們兩父女一直都是那麼相親相愛，所以這久別後的會面，當然是再快樂也沒有的了。
這時候剛巧是午後做完了功課的休息時間，海蒂和克拉拉在一起。塞萬先生擁抱了克拉拉後，就溫柔地對海蒂說：
「我猜，你就是從瑞士來的那個小女孩吧！來這裡和我握握手好嗎？」
海蒂上前與塞萬先生握了手，塞萬先生又問：
「你和克拉拉玩得好嗎？會不會天天吵嘴呢？或是一下子生氣，一下子哭，一下子又要好，再過一下子又吵嘴？」
「不會的，克拉拉對我很好的。」海蒂答。
「而且海蒂也從沒有想和我吵嘴。」克拉拉插嘴說。
「那很好。這樣子爸爸也就安心了。」
他站了起來，又說：「我先去吃過飯再來吧！爸爸今早到現在，還沒有吃過一點東西。過一會兒，我再拿很多很多帶回來的東西給你們。」
塞萬先生走進餐廳一看時，飯菜都已經預備好了。可是當他正想動手時，就看見羅美爾小姐坐在對面，像是有什麼不得不說的苦衷似的。
「有什麼事嗎？羅美爾小姐，怎麼像是有什麼重大事件呢？我這次回來，看克拉拉倒是很高興的。」

女管家裝腔作勢地開口說：「先生，我要報告的，也就是關於克拉拉的事，這些事使我們很擔心。」

「到底是什麼事呢？」塞萬先生悠悠地喝了葡萄酒說。

「我本來是想找一位懂規矩、老實的小孩子，來做克拉拉的伴讀，所以我就想，最好是找一位瑞士籍的小女孩。就像時常在小說裡看到的，那種在高山的空氣中長大，從來沒有踏過泥土的小女孩。」

「不過，就算是瑞士來的小女孩，要到別的地方，也不能不踏著泥土吧？除非她長了翅膀。」塞萬先生笑著說。

「先生，我不是這個意思，我的意思是說，凡是生長在清高的、純潔的山村孩子，一定要比我們這裡的人更理想，所以我是想找到那樣的一個小天使來給小姐作伴。」

「唉！我想克拉拉現在需要的是朋友，還不需要天使吧？」

女管家越說越氣憤：「先生，我不是在說笑話，實在是因為有很重大的問題，弄得我沒法子。」

「怎麼了？為什麼會弄得你也沒有法子呢？難道是因為那小女孩麼？」

「先生，您不知道那小孩子所做的各種怪事，所以才會這麼輕鬆。那小女孩一會兒帶了一個小乞丐到家裡來，一會兒又把動物帶進來。請您問問康達先生好了。」

「動物？到底帶了什麼動物進來了？」

「她真是無法無天。那小孩所做的，沒有一件好事。幸虧不是天天如此，要不然真的就是一個瘋子了。」

塞萬先生本來是不大注意女管家所說的話，不過聽到她說，陪伴克拉拉的小朋友是一個瘋子時，就不能輕易放過了。到底是什麼地方不對呢？塞萬先生剛想問個清楚的時候，賽斯丁進來報告，康達先生在門外等候。

「來的剛剛好，讓我來問問康達先生吧！」

塞萬先生一面說，一面伸手去和康達先生握手。

「請坐，請坐。喝杯咖啡吧！關於小女克拉拉的那個伴讀，我想問問先生。聽說那小女孩子把動物帶了進來，到底是什麼動物呢？那小孩子的精神，有什麼異狀嗎？」

康達先生以為照規矩，進門後要先要對塞萬先生寒喧幾句，所以才剛說些客套話時，塞萬先生就打斷了他，請他他先說一下關於海蒂的事；因此康達先生開口說：

「據我粗淺的觀察，那小孩子會出現那些狀態，一方面是由於從來沒有人關心過她，也沒讓她受過教育，只在山上過慣了孤獨的生活，才會發生這些狀況；可是，就另一方面來說，這樣的生活，反而也有它的益處……」

塞萬先生對於這種冗長的說法，實在忍不住了。所以就告訴他：

「先生您只要告訴我，她到底適不適合做克拉拉的伴讀就好了。」

「我不能使你對那小孩子有所誤解。」

康達先生又開口演說了：「因為那小孩子剛剛到法蘭克福，所以對於環境有點不適應，但我相信她有一種很好的性情……」

「謝謝，謝謝。」

塞萬先生用感謝來拜託他停止演說，並且托辭克拉拉還在等著他，就起身走進書房裡。他心裡有了主意，還是問克拉拉的意見最重要。可是這時候剛巧海蒂也在克拉拉的旁邊，所以塞萬先生就對她說：

「好孩子，你去幫我拿……」

可是突然間，又想不出要用什麼藉口，支使她離開房裡，所以話有點接不下去了。過了幾秒，才說：

「啊！是的，你幫我拿杯水來吧！」

「冷的水嗎？」海蒂問。

「冷的，冷的，越冷越好。」

海蒂答應後走出去了。他拖了一把椅子過來，坐近克拉拉的身邊，握著她的手說：

「好了，克拉拉！爸爸問你的話，你要老老實實的說。海蒂到底帶了什麼動物到家裡來？羅美爾小姐又為什麼說海蒂常會發瘋呢？」

克拉拉就把烏龜的故事與小貓的故事，一五一十都告訴了她的爸爸。而且克拉拉又說，有一天海蒂說起了山上的故事，例如她說山羊的故事、太陽向山嶺「道別」的故事，以及山上老鷹的故事後，羅美爾小姐就說海蒂發瘋了。

塞萬先生聽完了，便笑起來說：

「我曉得了，我曉得了。那麼，你的意思怎樣呢？你想叫她回去嗎？」

「不，不，我不！」

克拉拉急著揮動雙手，眼裡帶著淚說：

「爸爸，不要讓海蒂回去。有她在這裡，我總是高高興興，一天很快就過去了。從前她沒有來時，我的日子過得好沒趣喔！」

「好的，我知道了。哦！你的好朋友回來了。你幫我拿清水來了嗎？」

他一手去接海蒂遞過來的杯子，一面說。

「是的，我剛從大街上的井裡拿回來的。」海蒂說。

「你到大街上的井裡去提來的？」克拉拉問。

「是的！大街上井裡的水才新鮮。不過要走很遠。我先到這邊的井，看見有很多人在打水。再走到街那頭去，還是一樣多；沒有法子，我就到那邊的第二條街上去打水。

我還遇到一位白鬍子的先生，他說叫我替他問塞萬先生好呢！」

「哇！你跑到那麼遠的地方，不過那位先生到底是誰呢？」塞萬先生笑著說。

「我剛剛走到那裡，我已站在那裡，問我說：『你帶著杯子，能借給我喝一杯好嗎？你要幫誰打水？』我就說：『你喝幾杯都行，我是幫塞萬先生來提水的。』他聽了就笑著說：『原來塞萬先生已經回家了。』他喝完水我洗過杯子，才帶著水回來。」

「到底是誰呢？算了，不要管他好了。」

「是一位笑得很慈祥的先生啦！他帶著一條很粗的金鏈，吊著一個寶石的墜子。手杖的把手，還嵌了一個很大的馬頭。」

「哦！是盧勃醫生，是我們的家庭醫生哪。」

克拉拉和她的爸爸同時叫起來了。塞萬先生想起來也覺得好笑，拿著杯子跑到街上去提水，怪不得那親切的醫生也要覺得奇怪。

那天夜裡，塞萬先生在和羅美爾小姐談論家事的時候，就說要讓海蒂留在家裡，不要叫她回去了。因為塞萬先生已經看出了海蒂的誠實，並且知道克拉拉覺得這屋子裡最可愛的人就是海蒂。

「羅美爾小姐，我希望你能好好看待她，就是有些奇怪的舉動，也不要過度責罵。如果你真的會嫌太麻煩，剛好我的母親，不久就要到家裡來，你把海蒂交給她照顧好了。我的母親最會照顧別人，這個你也是知道的。」

「是！先生。」

羅美爾小姐嘴裡雖這麼說，不過她的聲調中，卻一點也沒有想把海蒂轉托給老夫人的意思。

塞萬先生待在家裡的日子不久。兩星期後，他還要到巴黎，又必須和克拉拉分開了。本來克拉拉很不高興，爸爸這麼快又要走，不過塞萬先生安慰她說：

「沒關係，三天後奶奶就要來了。」

聽到奶奶要來家裡，克拉拉立刻變得很開心，塞萬先生才得以安心地出門。

5

最好的朋友

「好孩子，不要失望。
我們的神是聽禱告的神，
流淚撒種的，必歡呼收割。
我們對祂所流的眼淚，絕不會是白流的。」

果然塞萬先生才剛離開家門沒多久，就收到了老夫人的來信，說是明天可以抵達，叫他們派一輛馬車到火車站接她。

克拉拉真是高興到了極點，那天夜裡，總是對海蒂說她奶奶（注）的故事。因此海蒂也學她順口地只叫「奶奶」。

羅美爾小姐對於海蒂這種沒大沒小的叫法，立刻現出了厭惡的樣子；可是海蒂早已看慣了女管家這副皺眉頭的面孔，也不去理她。

不過到了要回房裡睡覺的時候，海蒂卻被羅美爾小姐叫住，而且被帶到女管家自己的房間。在那裡，羅美爾小姐嚴厲地警告海蒂：

「明天客人來了後，你不能學小姐那樣叫她『奶奶』；要尊稱她『夫人』（注）。就是在說話中，也絕不能提到『奶奶』，一定要說是『夫人』。知道了嗎？」

女管家完全不理會海蒂那一副不太懂的樣子，只是下了命令。

海蒂一點也不明白，為什麼村裡的人，都可以喊自己的爺爺做艾爾姆大叔，而且彼得家裡的婆婆，大家也都可以叫她婆婆；惟獨克拉拉的奶奶，自己就不可以學克拉拉叫她「奶奶」呢？

不過當她一望見女管家那副嚴厲的面孔時，也就不敢再開口追問，只敢乖乖地說：

「知道了。」

到了第二天的下午，家裡一切都布置妥當了。就這一點看來，也可以知道老夫人是多重要的人物。

緹妮戴著一頂雪白的新帽子，賽斯丁收集齊了家裡所有的墊腳台子，在客廳內整整齊齊地安放著，這樣客人無論坐在那一張椅子上，都可以舒舒服服地有放腳的地方了。

至於羅美爾小姐更加緊張，就像是要告訴屋子內外所有的傭人：「皇后即將駕臨。」一整天都在裝模做樣地指揮，藉機也展示一下權威。

當馬車到了門前，緹妮和賽斯丁趕快走下石階，羅美爾小姐也慎重地跟在後面，走路時架子十足，要讓其他下人知道，這裡誰是管家。

海蒂則早已經被羅美爾小姐吩咐：「塞萬夫人進門第一步，只想看望克拉拉，你先躲在自己房裡，等有人呼喚時再下來。」因此，海蒂便獨自坐在自己房裡的角落，默念昨夜女管家所吩咐自己要呼喚客人的尊稱。

過了一會兒，房門被打開了，緹妮伸了一個頭進來說：

・**奶奶**（Grosmutte）　德文裡的祖母，約略等於英文裡的Grandmother。

・**夫人**（Dame）　德文裡尊稱女性，約略等於英文裡的Madam，通常用於對爵士妻子或貴族妻女等的尊稱。

「愛得萊德，羅美爾小姐請您到書房裡。」

海蒂這時也無心去問羅美爾小姐，應該怎麼稱呼客人了，不過心裡總覺得，昨夜女管家所說的話，一定弄錯了什麼的地方。因為每個人都有他一定的名字，為什麼會因為對方的身分不同，就會變成第二個名字？

她一路想著，推開書房的門時，就聽見房裡有個很溫柔的聲音說：

「哦！那小孩子來了。來，進來，讓我仔細看一看。」

海蒂心裡拿定了主意，一定要依羅美爾小姐所吩咐的話稱呼她不可。所以一走近老夫人的身邊，用那天賦的清脆聲音喊道：

「向夫人奶奶請安！」

海蒂又出錯了，原來她剛說到了「夫人」這個單字時，忽然覺得只叫人家的名字有點不妥，所以就加上了個「奶奶」兩個字，於是她說成了「夫人奶奶」。

「哈！哈！」

老夫人笑起來了，溫柔地問：

「孩子！別害怕，剛才你說的『夫人奶奶』，是你在山上時學的？還是在這裡有人教你的？」

「這裡學的，我們山上從來沒聽過有人名字會叫『夫人』的。」海蒂斷然地回答。

「哈！哈！我在這裡也一樣沒有聽見過。」

老夫人又笑著摸摸海蒂的臉頰。「很好，很好，無論哪個小孩子，都應該叫我奶奶的，以後你也叫我『奶奶』吧！這樣你就不會忘記了。」

「當然不會忘記，克拉拉就是這樣叫你的。」海蒂很有把握地說。

「是嗎？」

老夫人感到很有趣地點了點頭，她很熱心地觀察了海蒂一會兒。海蒂也覺得這位客人很親切、很慈祥，所以心中也很高興，竟然也毫不畏懼地望著她。

奶奶有著一頭銀色的頭髮，頭巾下還垂著兩條長絲帶，每當她一動時，絲帶就輕輕地擺動，就像吹著微風一樣，使海蒂覺得很有趣。

「你叫什麼名字？」婆婆問道。

「我本來是叫海蒂，不過在這裡一定要叫做愛得萊德。所以我要很小心，人家叫愛得萊德時，就是在叫我了。」

話雖這麼說，不過海蒂還沒有很習慣這名字，有時羅美爾小姐在叫「愛得萊德」時，她還以為是在叫別人。他們談到這裡時，恰巧羅美爾小姐走進來了。

「我想夫人的意思，一定也和我的一樣吧！就是傭人們，也要有一個好叫的名字才可以。」

「也對，要有一個好叫的名字。只要這裡有一個人叫她『海蒂』，其他的人也會慢慢習慣了。這樣好了，以後我就叫她『海蒂』這個名字了。」

從那天起，老夫人只叫「海蒂」了。這樣的稱呼使羅美爾小姐很不高興，不過老夫人決定的事，她也沒有法子改變。

老夫人的觀察力很敏銳，全家上下的情形，都逃不過她的眼睛。

第二天吃過午飯後，到了克拉拉應該午休的時候，老夫人守在她的旁邊，慢慢地騙她睡著了。然後，老夫人才走到餐廳裡去看看，那裡一個人都沒有。

「那小孩子也一定睡覺了吧！」老夫人自言自語的。

她走到樓上羅美爾小姐的房門口，敲了敲房門；等了一會兒，房門才開開。女管家一看，竟然是老夫人來敲門，不禁嚇得倒退了一步。

「那小孩子在什麼地方？我是想來問問她這時候在做什麼？」

「她在房裡。這麼空閒的時間，她也不去學一點有益的事情。只是莫名其妙的胡思亂想，要不然就是做些我們意想不到的下流舉動。」

「那也不能怪她。就算是我，如果把我一個人孤伶伶地關在房裡，我也還不是像她那樣。你去把她帶到我的房裡來吧！我想給她看一些美麗的畫報。」

「請夫人不要浪費時間吧！拿書給她也是枉然的。愛得萊德到現在連字母都還不認得，請您問一下康達先生就知道了。她一點也不想讀書認字，幸虧康達先生脾氣好，要不然老早就該將她送回山上了。」

羅美爾小姐越說越憤怒。

「奇怪了！我聽海蒂的說話，不像是連字母都還不認識的小孩子。好了，你先把她帶來就是了。不認識字，也可以讓她看看書裡的圖畫。」

羅美爾小姐還想爭辯，可是老夫人卻不理她，很快走回自己的房裡去了。她聽女管家說海蒂連一個字都不認得，也覺得奇怪，決定要來研究一下原因。

不過老夫人並不是去找家庭教師來研究，而是完全憑自己考察。老夫人雖然很尊敬康達先生，卻很怕聽他那冗長卻不知所云的演講，所以能避免和他談話就盡量避免。

海蒂看見了老夫人給她的那本美麗畫冊，覺得十分奇怪，只是張大了眼睛，看得入神。每當老夫人翻過一頁，顯出新的畫面來時，海蒂就高興得亂叫。

她在睜圓了眼睛，呆呆地看了一下之後，不禁掉下了眼淚，嗚嗚咽咽地哭起來了。

老夫人發現海蒂對這幅畫特別感動，就仔細一看，畫中繪著是綠色的牧場，有很多小山羊，有的在吃草，有的在亂跳亂跑；一個牧童站在中間，拿在一根竿子，望著那些幸福的羊群。太陽剛剛落到地平線下，畫面全佈滿了金色的光線。

婆婆溫柔地拉住海蒂的手說：

「不要哭，好孩子，不要哭。你看見這幅畫，就想起往事來了是嗎？你看，這裡還有很好聽的故事，今晚我講給你聽吧！我這裡還有很多很多有趣的故事，我都講給你聽好了。乖，不要哭了，到這裡來。」

不過海蒂還是抽抽噎噎的。老夫人也不去管她，只是在旁邊溫柔地安慰她：

「好了，好了，不要傷心了。」

等海蒂停止哭泣後，老夫人才又開口說：

「你告訴我，你讀書的時候都是怎麼樣讀的？你喜歡讀書嗎？你讀過多少了？」

老夫人一口氣問了三個問題，海蒂只嘆口氣回答：

「我從來沒有讀過，我學不會讀書的。」

「為什麼學不會？」

「因為很難。」

「誰說的？」

「彼得說的。彼得上過學。他說讀書很難，無論怎麼學，都無法記起來的。」

「喔！彼得那個小孩也真奇怪。可是，海蒂，你聽我說吧！彼得雖然那麼說，但你不要聽他的，你應該自己試試看才對。康達先生在教你字母時，你一定不專心聽吧？」

「就是認得字，也沒有用的。」海蒂咬緊了牙根似地說。

老夫人摸著海蒂的頭，溫柔地說：

「你若是相信彼得的話，當然就永遠不認識字啦！我告訴你，像你這樣的小孩，就跟別的小孩一樣，一定要讀書。其實書並不難讀，只要你懂得裡面在說什麼就好了。」

海蒂沒聽懂老夫人的話，老夫人就接著說：

「你看這張畫，不是有山羊和牧童嗎？若是你認得書上面的字，我就把這本畫冊送給你。如果你曉得這本書是在寫山羊和牧童的故事，不就可以說給彼得聽嗎？」

海蒂全神貫注地聽著老夫人說的話，突然眼睛發亮，吐了一口氣說：

「我真希望現在就看得懂。」

「只要肯用功，你就能看懂。我們先到克拉拉那裡去吧！那本畫冊也帶著。」

於是，兩人便牽著手回到書房裡去了。

海蒂自從那次想回家，剛巧在家門口被羅美爾小姐攔住，並挨了一次罵之後，現在已經改變心意了。

海蒂這時已經明白黛德從前所說的話，根本不可能實現，以後她就只能永遠住在法蘭克福這地方。而且現在受到塞萬先生這家人如此親切的待遇，如果還存著要回家的念頭，那一定要被當作是忘恩負義的小孩，而且連老夫人和克拉拉也是要埋怨她了。

在老夫人這樣的親切勸慰下，海蒂也不好意思再說「我想回家」的話了。因此，她決定把自己「想回家」的苦悶深埋在心裡，這樣一天又一天，胃口也越來越差，臉色蒼白，漸漸消瘦起來了。

尤其在夜裡，她一個人在房裡，四圍靜悄悄時，無論如何也睡不著。那布滿日光和花草的山上景色，歷歷在目。就算偶而睡著了，所夢見的東西，也都是為夕陽照得通紅的岩石和雪野。等到第二天天亮，還以為已回到家裡，很可以在太陽光中玩耍了。然而，睜開眼睛一看，還是依舊睡在大床上，依舊是在離家千里的法蘭克福。

每天早上，海蒂一起床，就是先伏在枕上，不知流了多少的眼淚，但她不敢哭出聲來。這種的苦悶，當然不能逃過老夫人的眼睛。最初以為過些時就會好的，所以沒有去理她。可是經過了一些日子，還不見好。每天早上，看見海蒂的樣子，就知道她一定又躲在樓上哭了很久才下來的。

有一天，老夫人又把海蒂叫到自己的房裡，勸慰她說：

「海蒂，你怎麼了？你有什麼擔心的事情嗎？」

海蒂心裡想，若是照直說，恐怕要會讓老夫人覺得她忘恩負義，但她也不能說謊；所以就回答道：

「奶奶，我不能告訴你。」

「那麼，你可以對克拉拉說嗎？」

「不，不，對誰也不能說的。」

海蒂這麼說後，又垂頭喪氣的，老夫人心裡很難過，也靜默了好幾分鐘，最後才打破沉默：

「海蒂，我教你一個好辦法，無論是誰，遇到心中有難過的事，不能對別人說，那就對我們最好的朋友說。」

「最好的朋友？」

「沒錯，最好的朋友。這個朋友名叫耶穌，祂是神，祂也是人。你把煩惱告訴祂，祂就像是一個看門人，你敲門，祂就給你開門。」

「耶穌在哪裡？你能帶我去找祂嗎？」

「祂就在你心裡。海蒂，你懂得怎麼禱告嗎？」

「我不懂。」海蒂說：

「那你聽過別人怎麼禱告嗎？」

「爺爺從來不禱告，但彼得家的婆婆最愛禱告的，我有聽過她禱告。」

「海蒂，禱告就是把我們的秘密和希望，告訴我們最好的朋友耶穌。你平常怎麼說話，就怎麼禱告。把讓你傷心又不能告訴別人的事，通通告訴耶穌，祂會告訴你該怎麼做的。」

海蒂這時眼睛亮了起來，臉上也露出喜悅的笑容說：

「真的不管什麼事都可以說嗎？」

「當然，什麼事都可以說的。」

海蒂伸出手來，老夫人便握住了她的手。海蒂很快地說：

「我可以回自己的房裡去嗎？」

「當然可以。」

海蒂連忙跑回自己的房裡，跪在地上，合著手把心裡的話，都藉著禱告說出來了。她熱心地求神救助自己，讓她早一點回到爺爺的山上。

過了一個星期之後，康達先生忽然來找塞萬老夫人，說要向她報告一件驚人的事情。老夫人叫女傭緹妮請他到房裡來，並伸手去和他握手。

「請坐，請坐。先生有什麼話要對我說？不會是什麼不好的消息吧？」

「怎麼會有什麼不好的消息？」

其實康達先生一臉的笑意，老夫人也知道不可能是壞事。

「夫人，這真是奇蹟，一件我從未經歷過的奇蹟，太不可思議了。」

「是海蒂突然間認識字了吧？」老夫人插嘴說。

康達先生嚇了一跳，幾乎說不下去，換了一口氣才又接下去說：

「是的，夫人。這是多麼神奇的一件事，也是我教書多年不曾見過的。從前我用盡方法，她卻連字母都記不住；可是現在，她不但認識每個字母，連整段的句子都能正確地讀出來，而且不用我說明，她就已經曉得這句話的意思；這實在是件怪事，她為什麼忽然變聰明了。」

老夫人似乎早已知道，含著笑說：

「唉！世界上真的有許多奇奇怪怪的事。只有兩件事不奇怪，就是新的學習興趣，和新的教學方法，這兩個條件合在一處，就一定會有好的結果。總之，海蒂既然有心讀書，那是再好沒有的事了。以後一定可以逐漸進步吧！」

等康達先生回去後，老夫人想到書房裡去看看，到底發生了什麼事。

只見海蒂坐在克拉拉身邊，放大喉嚨在那裡讀書。海蒂只覺得那些原本被彼得說是永遠不可能看懂的字母，一個個都活動起來，有的變成了人，有的變成動物，有的成了一段一段的故事，眼前完全展開了一種另外的一個世界。

晚餐的時候，海蒂看見自己的盤上，放了一本很大又美麗的圖畫書。她開心地望著老夫人，老夫人則含笑點點頭說：

「海蒂，從現在起，那是你的書了。」

「我的書？那麼我可以拿回房間去嗎？就是回家的時候，我也可以帶走嗎？」海蒂笑逐顏開地說。

「當然可以的，那書永遠是你的了。但你明天要讀給我聽。」

克拉拉這時急著插嘴說：

「海蒂，你不能這麼快回去啊！奶奶過幾天就要回家了，你走了，我一個人會很難過。」

「那你也可以跟我們最好的朋友講啊！奶奶說只要禱告，願望就會實現的。」

老夫人聽到這裡，笑得更大聲了。

當夜海蒂回到了自己房裡，在未上床之前，又把那書拿來再看一次。自此以後，閱讀那美麗的插畫故事，已成的海蒂每天必做的事了。

當大家齊聚在餐廳時，假如老夫人說一聲：

「海蒂，你來讀一段給我聽聽吧！」

海蒂已經能讀得十分流利，當她大聲地讀出來時，覺得那畫在書本上的風景更加美麗，也更加清楚了。婆婆還給她加上一些說明，告訴她這些故事背後的含意。

其中有個圖畫故事是海蒂最喜歡的，畫面上紅色的太陽照著綠色的牧場，場中站著一個牧羊人，帶著兩個孩子和一群山羊圍在他身邊，那是一幅很幸福的畫。

第二幅畫裡的太陽就不見了，天空一片灰暗，原來是牧童從爸爸的家中逃了出去，流落在外面幫人放豬。因為他餓到要跟豬來搶吃的，所以連面孔都餓得發青了。

可是再翻過來，看到第三幅畫時，就看見那年老的父親，正伸長了兩手，預備去抱那知道後悔而重新回家來的兒子，以及那滿身襤褸的兒子，躊躇不敢前進的樣子。

老夫人告訴海蒂：「這故事是說有一個牧羊人，他有兩個兒子，小兒子要求父親把屬於他的那一分家產給他，然後要去遠方。結果他在外地把家產揮霍一空，只好為人放豬為生。當他餓到要跟豬去搶食物時，才想到要回家請求父親的原諒。可是當他回家時，他的父親已在遠處看見，還沒等他認錯，就跑去抱住他，歡迎他回家。神就像是我們的父親，我們無論犯了什麼錯，只要回到家，祂都會原諒我們的。」

海蒂最愛看的就是「浪子回頭」（注）這幾段，也不知道看過了多少次。她單純地想著，等我回家時，爺爺也一定會這樣抱著我吧！

她常常自己一個人躲在房裡，高聲地朗讀內容，也專心地聽著老夫人對這些故事的說明。海蒂就這樣每天讀讀文字，看看圖畫，竟忘記了日子一天天的過去，不久，老夫人要回去的日子漸漸迫近了。

老夫人在塞萬家的時候，每天吃過午飯之後，過了不久，克拉拉睡著了，羅美爾小

・**浪子回頭**　這個故事是《新約聖經》中《路加福音》第十五章裡耶穌的比喻。

姐也回到她自己的房裡，大概是睡午覺去了。

在這時候，老夫人回到樓上，就將海蒂叫到房裡來，或許是講故事。或許是玩種種有趣的遊戲。

老夫人有很多漂亮的洋娃娃，她教海蒂做一些洋娃娃可以穿的衣裳和圍裙，海蒂一學就會，也做了很多漂亮的衣裳。

老夫人更喜歡叫海蒂讀書給她聽，海蒂也越讀越喜歡書中的故事；漸漸和故事中的人物接近，成為要好的朋友了。所以她覺得與那些人物在一起，是一種無上的快樂。

但是無論如何，海蒂還是不像真的很幸福。因為從前在山上時，那對活潑晶亮的眼睛裡所閃耀出來的開朗樂觀，如今已不再有了。

時光易逝，老夫人決定在下星期回去了。

這一天吃過午飯後，老夫人照例喚海蒂到自己的房裡來，海蒂便挾了書本走進去。老夫人叫她站近身邊，把書先放在一旁，然後對海蒂說：

「海蒂，你為什麼還是那麼不快樂呢？難道你心中那件讓你難過的事，現在依然存在嗎？」

海蒂不敢做聲。

「好吧！那你把這件事情對我們最好的朋友說過了嗎？」

「說過了。」

「很好，你就天天都這樣禱告吧！」

「不，以後我不要禱告了。」

「為什麼？」

老太太好奇地問。

「禱告也沒用。你說的好朋友，一點也不肯幫我。」

海蒂煩燥地越說越激動：

「奶奶，世界上有這麼多人，每個人都跟祂禱告，祂還能一個一個的都聽清楚嗎？我是小孩子，一定是祂沒有聽清楚我的禱告。」

「你怎麼會知道祂沒聽清楚呢？海蒂。」

「因為我每天都求同樣的一件事，可是到現在祂還沒有讓我做到。」

「海蒂，那是你弄錯了。神就是我們在天上的父親，祂會比你還要明白，哪一種事對你更有好處。所以如果是一件有害於你的事，就算是你禱告了，祂也不會答應的。」

海蒂聽到這裡，眼睛又亮了起來，老夫人接著再安慰她：

「神知道你現在所祈求的事情，對你沒有益處，所以祂沒有答應你。或是祂知道這件事雖然對你有益處，但若是在現在就答應你，會讓你失去更好的，所以祂現在先不答應你。不過無論如何，你的禱告祂一定會聽到的。所以你現在不要抱怨，不要心急，要繼續禱告，日後祂會給你比現在禱告的更多更好。」

海蒂本來是就完全相信老夫人的話，所以每句話都聽在心上。

「我現在就去禱告，我要等祂答應。」海蒂十分後悔地說。

「好孩子，不要失望。我們的神是聽禱告的神，流淚撒種的，必歡呼收割。我們對祂所流的眼淚，絕不會是白流的。」婆婆接著安慰海蒂說。

海蒂跑回自己房裡，繼續禱告了。

老夫人走的那一天，就是克拉拉和海蒂最傷心的一天。老夫人為了使她們兩人不要過於難過，故意在那一天，弄得像過年過節一樣熱鬧，然後在她們樂得沒有心思想到傷心時，偷偷地走了。

6

回到山上

醫生揮了揮手，也站起來激動地說：

「那小孩的病，根本不是靠住院或打針吃藥能治好的。你只要送她回到山上去，讓她吸吸山上的空氣，馬上就好了。」

老夫人一走，家裡突然變得很冷清，海蒂和克拉拉悵然若失，不知要怎麼好。兩人就像孤兒一樣，又只能呆呆地傷心落淚了。

第二天，到了海蒂應該去陪克拉拉時，她就抱著書本，走到克拉拉的房裡提議說：

「克拉拉，以後每天午餐後到你睡覺前，都來房裡讀書給你聽好嗎？」

克拉拉很高興地答應了。

不過這種朗讀也持續不了多少日子，因為有一天海蒂讀到的故事中，恰巧有一段是說到有一位老婆婆死去了的情節，海蒂便難過地哭喊說：

「呀！婆婆死了！」

原來她把書本裡的故事，都當作真的一樣。所以讀到那一段時，就當作彼得的婆婆死了。她抽抽噎噎地說：

「婆婆死了！我再也看不見她了。我連一個白麵包也還沒有給她。」

克拉拉拚命勸慰她，告訴他那是故事，是別人的婆婆。海蒂雖然也知道那不是彼得的婆婆，可是還是不能自主地只是哭。

海蒂想到現在自己在這樣離家千里，婆婆年紀大了，也許她已經死了，爺爺也說不一定已不在人間，等到以後自己有機會回去時，恐怕一切都已經變了。

過了一會兒，羅美爾小姐進房裡來，看見海蒂又在哭泣，就問克拉拉怎麼回事，克拉拉把海蒂啼哭的原因告訴了她。

海蒂的哭泣，惹得女管家又發了脾氣，走近她的身邊，用嚴肅的語氣警告她說：

「愛得萊德！你不要想在這裡鬼哭神嚎地瞎搗亂。我告訴你，如果一讀書就那樣藉著說故事來發洩情緒，我就把家裡所有的書都收起來，以後再也不讓你看書了。」

女管家的這幾句話，馬上發生了效力；海蒂嚇得面孔都發白了，因為海蒂現在最寶貴的就是這幾本書。

海蒂趕快擦掉眼淚，忍氣吞聲，讓眼淚流轉到自己的心中去了。因為她只怕書本被收了去，所以日後無論書中有怎麼令人傷心的故事，也不敢哭出聲，只能拚命忍住眼淚。

有時給克拉拉看見海蒂的奇怪表情，就問她說：

「海蒂，你為什麼做出那麼可怕的樣子？好奇怪的表情啊！」

可是不管那個表情多奇怪，只要不哭出聲來，就可以不使羅美爾小姐發怒，可以不用挨罵了。

海蒂這樣抑止了自己的絕望的悲哀，現在誰也看不出她心中的苦悶。

但一天一天的過去，海蒂現在已經是茶飯無心，更加消瘦了。賽斯丁無論為她做出多麼甘美的菜蔬，海蒂總是搖頭不吃，所以連他也覺得十分不捨，常用像做爸爸一樣地溫柔的聲音說：

「吃一點點吧！這菜真好吃，你吃一口也好。」

「不吃這碟，那吃看看這一碟吧！」

「再一口，再吃一口就好。」

但無論怎麼勸慰，結果還是沒有用處。海蒂一點東西也不進口。到了夜裡，一闔上眼，那山上家鄉的風景，全部擺在眼前。

她因為要讓哭聲不至於洩漏出去，所以只伏在枕頭上嗚咽。

這樣一晃眼又過了幾個星期，海蒂連現在到底是夏天或是冬天，也都不知道了。因為從家中望出去，四周只有牆壁和窗子，絕沒有季節的變換。

海蒂很少有出門的機會，即使偶爾遇到克拉拉心血來潮，想坐馬車到外邊逛逛；但因為克拉拉不能夠長時間運動，所以也只不過是在附近街道兜個小圈子而已。

從馬車裡向外所能看到的，也只是華麗的街市、高大的房屋和熙熙攘攘的行人，還是看不到山，看不到草，也看不到羊。

海蒂對於花草、樅樹、遠方的山峰和那山上美麗的景物，憧憬是一日一日加強，只要讀到一句可以聯想到那些事物的文字，眼淚便如泉湧地流滴不止。

當秋盡冬至的時節，每逢輝煌的陽光，射到對面房子的白壁上時，海蒂便想起這就是和彼得趕著山羊，到那石楠花（注）在日光下輝映的地方，觀賞岩石在夕陽裡紅光閃映的時候了。

海蒂孤單地捧著頭，呆望著對面牆上的太陽，心中完全被懷鄉的念頭占領了。就這樣陷入沉思，像石頭般絲毫不動；直至克拉拉睡夠了醒過來時，才會把她喚醒。

不知不覺地幾星期又過去了，這幾天來，塞萬先生家裡卻出現了一絲詭譎的氣氛。羅美爾小姐整天總是心神不寧，走起路來也一反常態地變輕變慢。尤其每當黃昏時，無論走進房裡，或是走過長廊時，總覺得有誰不出聲地跟在背後，或是突然間會拉一拉她的衣裳。

不只是在房裡走路要提心吊膽，不斷回轉頭來望一望；家裡稍有點陰暗的地方，她自己一個人就不敢去了。到後來，她的恐懼感越來越誇張了。

只有她一個人在的時候，她就一定待在廣闊的客廳。偶爾非要上樓時，或是要經過

・**石楠（Calluna）**　希臘語「掃除」，意指用來製作掃帚的植物，是挪威的國花。這是一種多年生灌木，高約二十至五十公分，分佈在歐洲及小亞細亞地區，是反芻動物如牛、羊、鹿的主要食糧。因為生性強韌，成為歐洲著名地貌（Heath）植被的主要品種，常見於荒野或島嶼，帶有孤獨肅殺的意味，因此花語為「孤獨」（Solitude）。小說《咆哮山莊》的山莊周圍，就是種滿了這種花。

長廊，她感覺到牆上高懸著塞萬家族裡穿著高領口、白色官服的古代議員畫像，就像在裝著威嚴的面孔俯瞰著她。

女管家每次都藉口說有東西要拿下來，或是有什麼要用的東西要帶過去，一定要帶著緹妮一起進去。

這種恐懼就像會傳染似地讓緹妮也染上了，每次有事要到樓上去的時候，也一定要喚賽斯丁陪她一起去，藉口說是有一件東西太重，她自己拿不動。

到後來似乎連賽斯丁也染上了，每當他要到裡邊暗僻的房裡去時，也說一定要有人幫忙，找了約翰與他一起去。

約翰雖明知這是藉口，卻也不做聲地跟著賽斯丁。因為約翰他自己有時要上樓時，同樣地也找人作陪。

所以，有時當大家都到樓上去了的時候，那一位在塞萬家廚房裡，跟鍋碗瓢盆奮戰了好幾年的婦人，只好獨自在廚房裡，站在爐前，側著頭嘆口氣說：

「沒想到活得這麼老，終於有機會要看到鬼了。」

到底發生了什麼事，使得大家變成這麼膽小呢？原來塞萬家裡近來出現了一件奇怪的事情。

每天早上，傭人們起床後一走下樓，就發現大門不知在什麼時候被打開了。最初的兩三天，還以為是小偷，但仔細查看究竟失竊了什麼，查來查去都沒發現短少什麼，而且一切家具都還是原封不動在那裡。

到了夜裡，大家更謹慎門戶。不但鎖上兩道鎖，另外為求安全，還裝上一根大木門；大家心想就算前幾天是外面進來的小偷，這次也進不來了吧！

不過顯然這些東西一點也沒有用，第二天早上起來一看時，大門又是洞開著。弄得傭人們又怕又氣，所以第三天特別早起，可是大門照樣被人打開了。然而一切的東西依然無恙，其他各房間的門窗，也都是關得好好的。

羅美爾小姐更緊張了，吩咐賽斯丁和約翰兩人，夜裡不准睡在房裡，直接就睡在那寬大的客廳裡，看看到底是怎麼一回事？

為了安全，羅美爾小姐還搬出塞萬先生珍藏的獵槍，更加上酒櫃裡的一瓶美酒，一起交給賽斯丁，讓他在萬一要動武時，也可以壯壯膽。

到了那天夜裡，賽斯丁和約翰就在客廳裡，不客氣地把那瓶美酒解決了，接著兩人天南地北地隨口漫談。

可是還不到十二點，兩人剛才灌下的美酒後勁發作，覺得眼皮已經有點抬不起來，最後都靠在椅背上入睡了。

到了十二點鐘，賽斯丁驚醒了，開口叫約翰，不過約翰卻仍在酣睡，根本叫不醒。

這時候賽斯丁忽然感到一陣冷風吹來，立刻完全清醒了，於是靜坐著側耳傾聽，看看有什麼異樣。

四周都靜悄悄，連屋外街上也萬籟俱寂。賽斯丁感到更害怕，也更清醒了，再沒有一點睡意。他連要叫約翰都不敢再出聲，只敢拚命地搖他。

搖了很久，約翰才醒過來。兩人都不敢再睡了，振作精神，站了起來。約翰先說：

「喂，賽斯丁，我們要到外邊去看看。如果你害怕的話，就跟在我背後來好了。」

約翰一邊說，一邊打開房門，走出了走廊上。恰巧這時候，一陣風從門口吹進來，把約翰手上的蠟燭吹滅了。

約翰嚇了一跳，往後退了幾步，幾乎要把跟在他背後的賽斯丁碰倒。他隨即把門關上，並鎖起來；然後才擦燃火柴，再把蠟燭點著。

這些舉動，都只是幾秒鐘的時間，賽斯丁看了覺得很奇怪。因為約翰身材很高大，又站在前面，所以賽斯丁連門是怎麼開的，風是怎麼吹來的，都是一概不知。

因此等到約翰再點燃蠟燭時，他再看見約翰的臉，不禁嚇了一跳。約翰的臉已經白得像紙一樣，而且全身都在發抖。

「怎麼了？你看到了什麼？」

賽斯丁像很同情地問，約翰則喘著氣說：

「門又慢慢地被打開了，樓梯上站了一個雪白的東西，我真的看見他真站在那裡，但一眨眼就不見了。」

賽斯丁嚇得全身的血都冰冷了。兩個人靠緊地平坐在椅上，動也不敢動一動。即使天亮了，他們還是坐在那裡發抖。

等街上已經有人走動了，他們才起身去把洞開著的大門關上，然後上樓去向羅美爾小姐報告昨夜的經過。

羅美爾小姐也是一夜也沒有闔眼，她猜想這屋子裡，一定有什麼東西作怪，所以提心吊膽地在等傭人們的報告。

聽完賽斯丁詳細的報告後，羅美爾小姐立刻寫信給塞萬先生，通知他家裡發生了一件意想不到的事。現在全家人都被嚇得魂不附體，什麼事都不能做，所以請他接到這封信後，立刻束裝回來。

但塞萬先生卻在回信中說，現在他的公事還沒有辦完，不能抽身回家；而且信上雖說家中出現了鬼怪，不過這鬼怪既然沒傷人，不久後大概就會離開。如果家人會害怕，可以寫信給老太太，請她再到家裡來一趟。

依塞萬先生的意思，他以為只要老太太來了，就連幽靈鬼怪，也照樣要消聲滅跡。

羅美爾小姐接到這封信，心中很不高興；她覺得塞萬先生根本就不把她的信當作一回事，女管家只好趕緊再寫一封信給老太太。

幾天之後，老太太的回信使她更生氣。原來那信中的意思是說：

「羅美爾小姐即使看見了鬼怪，也用不著讓我從霍爾斯坦（注）這麼遠的地方，回到法蘭克福來『驅魔』吧？」

老太太的回信，不但拒絕了羅美爾小姐的邀請，信裡還提到：

「就我所知，塞萬家從來沒有鬧過鬼。如果現在突然有鬼怪胡鬧，一定是歹徒假裝的。羅美爾小姐應該有法子對付這件事。要是沒法子，就多派幾個人守夜好了。」

羅美爾小姐收到老夫人的回信後，覺得不能再把這事擱下，只有照自己的意思來做了。

本來她是沒有把家裡有鬼的事，對那兩個小孩子提過，一則因為恐怕對她們說了之後，小孩子們一害怕，全家會更不得安寧；二則因為怕小孩子們會因害怕，以後整夜都纏著她。

可是她現在卻顧不了那麼多了，馬上到書房裡，用低微聲音，把一切經過都告訴那兩個小孩子了。

克拉拉一聽到這樣，嚇得尖叫起來，以後再也不敢一個人在房裡，還主張立刻請父親回來。到了夜裡，克拉拉就說：

「羅美爾小姐，我不敢一個人睡，你來陪我吧！但是海蒂一個人獨睡也很危險，我看就大家都睡在一個房間裡，還要整夜點著燈火。緹妮則睡在隔壁房間，賽斯丁和約翰就睡在樓上的走廊上，等鬼怪一出現時，我們一起大聲把牠嚇走……」

這時候克拉拉越說越興奮，羅美爾小姐則不以為然，立刻打斷說：

「不行，海蒂不能跟小姐一起睡，就讓緹妮睡在海蒂房裡陪她好了。等一下我就把我的床搬來這裡，一刻也不離開小姐的左右。而且我要立刻再寫一封信給塞萬先生，請他立刻回來處理。」

羅美爾小姐要人將自己的床舖搬到克拉拉的房裡來後，又問海蒂怕不怕。海蒂住在山上，從來沒聽過什麼叫鬼怪的，她覺得緹妮這麼兇，睡在旁邊比鬼怪還可怕，因此謝絕了羅美爾小姐的好意，夜裡讓她就一個人睡覺也不害怕。

緹妮也鬆了一口氣，可以睡在小姐的隔壁房間，賽斯丁和約翰在外面走廊保護，當然比去樓上陪海蒂睡要安全。

羅美爾小姐立刻又寄給塞萬先生第二封信，報告現在家裡慌亂的情形，並且加倍形

・**霍爾斯坦（Holstein；丹麥語Holsten；低地德語則是Holsteen）** 是德國十六個邦中最北邊的一個邦；也是德國非城市邦中第二小的（僅大於薩爾）。十九世紀普魯士與丹麥，為了爭奪這裡的主權多次交戰，至普法戰爭結束後才完全屬德國。

容，還說如果照這樣子下去，一定會影響到克拉拉的身體，引發癲癇。

為了怕塞萬先生跟上次一樣，不把他的信當一回事。她還附加說明，癲癇大多數是因驚嚇而引起的；鬼怪如果在家裡這樣繼續鬧下去，克拉拉就難保沒有生命危險了。

這封信真的立刻發生了效力。兩天後，關心女兒病情的塞萬先生，連夜趕回家來了，站在大門前搖了門鈴。

一大清早門鈴突然響了起來，家人都以為這一定又有鬼怪在胡鬧了。賽斯丁輕輕地推開半邊窗門，提心吊膽地伸出頭去望了望。

剛好這時候門鈴又大聲響起來了，這樣的響法，絕不是出於鬼怪。賽斯丁知道這種的搖鈴的節奏，一定是自己的主人回來了，所以便從房裡跳出來，連忙跑下樓梯開門了。

塞萬先生一進門，便跑到女兒的房裡，克拉拉高興得叫了起來，那面容突然又現出從前的活潑快樂的樣子，讓塞萬先生也現出笑容，原本那深鎖的眉頭也展開了。克拉拉還說：

「因為家裡鬧鬼，爸爸才回來，所以最好這個鬼不要離開。」

塞萬先生聽見女兒這樣說，當然更安心了。

「好了，羅美爾小姐，那個鬼長得什麼樣子呢？」

他朝著女管家，像和她說笑話似地眨眨眼睛說。這動作讓女管家很氣憤地說：

「主人，這可不是開玩笑的。到了今晚，你也笑不成了。我擔心是從前這裡有什麼冤死的鬼魂，現在起來作祟了。」

塞萬先生這時才正色說：「胡說，我在這房裡子長大的，從來沒聽過有鬼。請你也不要胡亂懷疑我們有名譽的祖先。這樣吧！你把賽斯丁叫到餐廳來，我有點事想單獨查問他。」

原來塞萬先生早就知道，賽斯丁和羅美爾小姐意見不合，所以猜想這次的鬧鬼，一定是因兩人齬齟而起。

等賽斯丁一踏進房裡，塞萬先生便笑著問他：

「你想嚇嚇羅美爾小姐，和她開玩笑，所以故意裝神弄鬼的嗎？」

「先生，我絕對沒做過這種事。我自己也被嚇得魂不附體，不信你也可以問約翰，他看得更清楚。」

「好吧！如果真的有鬼，我明天早上就抓來給你和約翰看看牠的真面目。但是像你這樣年強力壯的男子，也會被鬼嚇跑，太丟臉了。」

賽斯丁有點不太服氣，可是卻不敢強辯。塞萬先生看到了，就說：

「這樣吧！你現在到盧勃醫師家裡跑一趟。就說我問候他，並問他今夜九點鐘，能不能專程來家裡一趟？要告訴他，我剛從巴黎回來，有點事要和他商量，並且因為有病人在家，所以今晚一定要請他留宿在這裡，就請他預備好，夜裡也不用回家了。你明白了嗎？」

「曉得了。」賽斯丁答。

然後塞萬先生又回到克拉拉的房裡，告訴他說：

「爸爸趕快把鬼怪捉住，把它趕出去，所以你可以不用擔心了。」

時鐘剛鳴九下，小孩子們便各自上床睡覺，羅美爾小姐也回房裡去了，盧勃醫生就在這時候到家裡來。

盧勃醫師是一位精神矍鑠的白髮老人。他還以為是塞萬家中哪一位得了什麼重病，所以連忙跑來；誰知塞萬先生看來卻若無其事，他看見這位熟識的家庭醫生，便笑著拍拍他的肩膀說：

「盧勃先生，今天晚上要麻煩你了。」

「怎麼了？不是說家裡有病人，要我整夜來看護的嗎，怎麼你看起來若無其事呢？」

「一言難盡，總之，今晚不能讓你睡覺就是了。」

「那麼，病人在那裡，讓我先看看再說吧！」

「唉！其實請你來是有一樁比病人還要糟糕的事。不瞞你說，我們家裡在鬧鬼啦！」

「哈！哈！鬧鬼？」

盧勃醫生一聽竟然大聲笑起來了，塞萬先生接著說：

「唉！你聽我說吧！無論你怎麼解釋，羅美爾小姐還是不肯相信的。她心中總以為我的祖先做了什麼壞事，所以這房子裡冤魂不散，現在作起祟來了。」

「那麼羅美爾小姐為什麼忽然會見到鬼呢？」盧勃醫生心裡覺得十分有趣地問。

塞萬先生便將家人所說的，每夜大門如何自己打開的事，完整地告訴了他。並且還說：

「我猜或許是傭人們的朋友，知道了主人不在家，故意來與他們開玩笑；所以我特地還買了手槍，預備今晚反過來嚇他一跳。」

「萬一真的是賊呢？」

「別擔心，即使是真的盜賊，預備先假扮鬧鬼，要先把家人嚇住了，再來動手偷東西，那麼這把手槍，也足以對付好幾個人了。」

當夜塞萬先生和盧勃醫生兩人便坐在房裡，還命令賽斯丁和約翰在那裡看守。桌上擺了一瓶葡萄酒，因為要整夜不睡，時時總要有點吃吃喝喝的東西，酒瓶旁邊還放了二把手槍。

塞萬先生又要賽斯丁點上兩根粗大的蠟燭，因為他要看清鬼魂到底是長得什麼樣子？可是他又怕燈光漏了出去，把鬼魂嚇跑了，所以要賽斯丁把房門掩起來。

塞萬和盧勃這兩位先生，安適地靠著沙發上隨便談天，並時時喝起葡萄酒，不知不覺之中，時鐘了響十二下。

「鬼魂似乎知道了我們在等他，所以今夜不出來了吧？」醫生說。

「等一等吧！聽說大概都是過了一點鐘才出來的。」主人說。

於是兩人又開始談話。過了一會，時鐘又「鐺」的響了一聲。這時候，已是夜深人靜，屋內屋外都悄然無聲了。突然醫生舉起一個手指，按在口上說：

「噓？塞萬，別說話，你聽那裡有什麼聲音？」

兩人側耳傾聽著。外邊似乎有人在抽開門閂，擰轉鎖鑰，打開大門的聲音。塞萬先生伸手便去抓起手槍。

「不要緊嗎？」醫生站起身來說。

「沒問題，小心一點就好。」塞萬先生低聲說。

塞萬一手握著手槍，一手拿著蠟燭，跟在醫生的背後。醫生也照樣拿著手槍和蠟燭，躡足向大門口走去。

兩人走到走廊上。月光從敞開的門口射進來，照著一個通白的人影，站在那裡一動也不動。

「是誰在那裡？」

握著武器和蠟燭的兩人，一步一步地迫近那一堆白影子的身邊時，醫生這一斥喝的聲音，迴盪在整個走廊。

突然那白影子回轉身來，是個穿著白色睡衣的小女孩。她赤著雙足，一雙發瘋了似的眼睛，呆呆地望著蠟燭和手槍，全身就像風裡的樹葉一樣在顫抖著。

塞萬和盧勃也嚇了一跳，對望了一下。

過了幾秒鐘，醫生才先開口說：

「塞萬，這不是去井邊幫你打水的小孩子嗎？」

「是啊！海蒂，你這個時候為什麼還跑到樓下來？」

海蒂的面孔白得像紙一樣，顫抖地說：

「我也不曉得。」

她的聲音低得幾乎聽不見。於是醫生便走近一步說：

「塞萬，你交給我吧！你先回房裡去，我把這小孩子帶到她的床上去。」

盧勃說完後，便放下手槍，拉著海蒂的手，回到樓上她的房間去。

兩人一起上樓的時候，盧勃還不斷安慰她說：

「不要害怕，沒事的。」

進到房裡，盧勃便把蠟燭先放在桌上，然後抱海蒂上床，給她蓋上棉被；自己卻坐在床邊，等待海蒂安靜下來後。盧勃牽著海蒂的手，很溫柔地安慰她說：

「現在舒服了些吧。告訴我，你剛剛想到哪裡？」

「我並沒有想到哪裡。連我自己為什麼會到樓下，我也不知道；你們一叫，我心裡明白時，自己就已經在樓下了。」

「那麼你做夢了吧？做一個像沒有睡覺似的，眼睛也看得見東西，耳朵也聽見的夢。是吧？」

「夢是我每天夜裡都做的，而且都是一樣的夢。就像是我已經回到山上的家裡，和爺爺在一起那樣。我聽見了屋外的樅樹被風吹響的聲音，而且星星是那麼的亮，所以就趕快開開門跑出去。那真的好美麗啊！可是醒來了一看時，依舊還是在法蘭克福。」

海蒂說時，心裡一酸，哭聲就想衝喉而出，可是她拚命地忍住了。

「有沒有什麼地方覺得痛的。頭痛嗎？還是背上痛嗎？」

「不，我不會覺得有哪裡痛，只是覺得很像被一塊大石頭壓住了。」

「會不會覺得像被什麼東西打了一下？或是像要跌倒？」

「不，不是的。我只是像被很重很重的東西壓住了，好像就要哭出來了。」

「唉！那時候你就應該放膽大哭一場。」

「不，我沒有哭。因為羅美爾小姐吩咐過我不准哭的。」

「不准哭？所以你就拚命忍著不哭出來吧？你覺得法蘭克福很好玩嗎？」

「好。」海蒂細聲地答，但那聲音在盧勃醫生聽來，就像是說「不好」一樣。

「你爺爺住在什麼地方？」

「爺爺住在山頂上。」

「那地方聽起來不怎麼好，你在那裡會覺得無聊吧？」

「不，在那裡一點也不無聊，山上真好得很。」

海蒂再也說不下去了。山上的種種回憶，以及在法蘭克福的這段日子，這些悲傷絕不是小孩子的單純心靈所能壓抑得住的。海蒂到最後還是淚如泉湧般地大聲哭起來了。

醫生站起身來，把她的頭扶到枕上，溫柔地說：

「你索性大哭一場吧！你最好是拚命地哭，然後再安心地睡一覺，等明天早上，你就會好了。」

盧勃醫生退出了房間，走到樓下，塞萬先生還坐在沙發上，盧勃醫生就坐到他對面的沙發上說：

「塞萬，那小女孩得了夢遊症，每夜不自覺地打開大門。嚇壞了你們全家人的鬼魂，原來就是她。那小女孩已經得了很嚴重的思鄉病，現在瘦到只剩一副骨頭黏著一層皮了，再這樣下去，我看她的日子也不多了。我建議你最好是讓她哭夠了就睡一下，等天一亮，就趕快送她回去好嗎？」

塞萬先生聽了也站起身來，十分擔憂地在房內踱來踱去。

「那小孩子得了夢遊症？還骨瘦如柴？這都是在我家裡才發生的嗎？盧勃，你上次也看過她，從前她那麼強壯；面孔紅紅的，怎麼現在會變成這個樣子？」

「她是想家，想念山上，才變成這樣的。」

「盧勃，你叫我把她送回她爺爺住的地方嗎？不行，這種事我做不來的。她來的時候這麼健壯，送回去時卻成了皮包骨；何況在山上醫療不便，送她回去不是等於害死她嗎？我們塞萬家族沒做過這麼殘忍的事。我拜託你先把她帶去你那裡住一段時間，好好養病。等病好了我再送她回去，這樣可以嗎？」

「塞萬先生，那絕對不行。」

盧勃醫生揮了揮手，也站起來激動地說：

「那小孩的病，根本不是靠住院或打針吃藥能治好的。你只要送她回到山上去，讓她吸吸山上的空氣，馬上就好了。要不然，你只會把她弄得更不成樣子。你總不會想等到她臨死前只剩一口氣，才要送她上山吧？」

塞萬先生不出聲站著，因為他覺得盧勃醫生的話很可怕。

「你說的是，那就照你說的，天亮之後就趕快送她回去吧！」

於是塞萬先生便和醫生商量了一會兒，決定了送海蒂回家的方法。然後由塞萬親自送醫生回家；當兩人走到走廊上推門時，晨光已經射進房裡來了。

塞萬先生將盧勃醫生送回家後，回家後也不進房休息，而是跳上樓梯，到走廊盡頭羅美爾小姐的房門前，用力敲了幾下，女管家嚇了一跳，醒來時就聽見主人在房門外說：

「羅美爾小姐，趕快到餐廳裡來，預備旅行用的東西。」

羅美爾小姐一看鐘，才四點半，她從來沒有這麼早起床過，到底怎麼一回事？在好奇心和興奮的催迫下，她愈是緊張，就愈是不知所措。明明已經好好地穿在身上的上衣，卻還到處在找。

同一時間，塞萬先生把通到傭人們房間裡的每一個門鈴，一個一個都搖響，把大家都喚起來了。

傭人們被鈴聲也都嚇了一跳，連忙爬起來，以為這一定是塞萬先生受了鬼怪的驚嚇，要向他們求救了。因此，一個一個也懷著驚慌的心情走進餐廳來。

但塞萬先生一點也沒有受到驚嚇的樣子，悠閒地在餐廳裡踱來踱去，這使他們又吃驚不少。

約翰受命趕快去把馬匹牽出來，預備等著用。緹妮被派去喚醒海蒂，幫她換衣服，並告訴她要出去旅行。賽斯丁奉命趕到黛德當傭工的勃茲爵士家裡，立刻把她帶來。

大家都準備得差不多了，羅美爾小姐這時候才打扮妥當，走到樓下來。她全身都穿得齊齊整整地，只是頭髮有點尷尬地拖在背後。原來太倉促地起床，還來不及做好造型。

塞萬先生一看見她，就分派她做事。命她將旅行用的皮箱拿出來，把海蒂的東西都裝進去，並且為了要使海蒂不要穿著不好看的服裝，他吩咐將克拉拉要給海蒂的衣服，也都一起都裝進去。

總之，塞萬先生現在沒有閒時間說得那麼多，一切都要用最快的速度收拾妥當。

羅美爾小姐雙腳像是黏在那樣站著不動，驚疑地望著塞萬先生。她原本以為今天早上，要慢慢地聽塞萬先生訴說昨夜所受的種種驚慌過程，誰知一被主人叫起床，就突然要完成這種忙碌又麻煩的工作，所以她又驚奇又失望地只站在那裡，想先問個究竟。

但是塞萬先生並沒有想將詳細經過告訴女管家的意思，也沒有那麼多空閒時間。他把羅美爾小姐丟在那裡，就跑到克拉拉的臥房去了。

克拉拉這時也給家中吵鬧的聲音吵醒，搞不清怎麼一回事，只是躺在床上側耳傾聽。

塞萬先生一進去，就坐在她的床邊，把昨夜的經過詳細地告訴了她；並且還提醒說：

「盧勃醫生說：『海蒂的夢遊症，已經到了很嚴重的程度，如果再讓她住在這裡，夜間她會不自覺地越走越遠，如果爬上屋頂掉下來，那就很危險了，所以現在要馬上讓她回去。』所以我要立刻送她回爺爺家。」

克拉拉原本很捨不得海蒂離開，但是聽了爸爸轉述盧勃醫生的話，也不敢任性地反對，就讓她回去了。

但克拉拉心中很感傷，很想設法再多留海蒂在這裡住一兩天，她希望能多跟海蒂談談，可是爸爸不答應，不過他還是和女兒約定說：

「如果你能在家好好聽話，明年夏天，爸爸帶你到瑞士。」

克拉拉聽到這裡才勉強答應了。接著她要緹妮把海蒂回去時要帶的箱子拿來，讓她可以把海蒂想要的東西都裝進去。

過了沒多久，黛德已經被接到塞萬家了，站在走廊上聽候消息。

塞萬先生把海蒂的病情，詳細地告訴她，要她現在馬上就把海蒂帶回去。還說自己會跟她主人勃茲爵士說明，請她放心地去。

黛德一聽見這出乎意外的事，立刻嚇了一跳。同時她想起了從前要帶海蒂出來時，艾爾姆大叔曾經說過，再也不讓她到家裡去，那時還與他吵了一架，才把海蒂搶來的，現在弄得病成這樣才帶回去，又不知要忍受他怎麼兇狠的辱罵呢？

於是黛德便對著塞萬先生，鼓其如簧之舌，解釋自己為什麼不能在這一兩天就帶海蒂回去；而且她還說自己最近事情忙得很，所以連哪一天可以帶去，現在也不能明言。

塞萬先生看破了黛德根本就不想帶海蒂回去的樣子，就打發她先走了，重新把賽斯丁叫進來，命令他：

「趕快下去預備一下，然後帶海蒂回家去。今天先趕到伯恩(注)，明天就一定要把她送到家。我會先找人通知艾爾姆大叔，這一封信請交給他。」

「是的，先生。」

「不過還有一件事，你要特別注意。」

「您請吩咐！」

塞萬先生拿了一張名片，叮囑他說：

「這張名片上寫有伯恩的旅館名，到了那裡，你只要拿出來交給櫃檯，他們就會給你開兩個房間。你要記好，把那個小孩子送進房裡去之後，一定要將門與窗戶都關得緊緊的，不要讓她板得開。因為那小孩得了夢遊症，會在睡著時爬起來亂跑。所以在那不熟識的地方，絕不能讓她有什麼危險。你曉得了吧？」

「喔！原來這些天來家裡在鬧的『鬼』，就是這樣來的。」

賽斯丁這時候才明白，這幾天屋裡鬧鬼的真相。

「是啊！你怎麼會膽子這麼小呢？約翰也是。全家竟然都沒有一個有用的人！」

塞萬先生略帶埋怨地說完後，就到書房裡寫信給艾爾姆大叔去了。

賽斯丁聽了，心裡也覺得很沒趣地想著：

「假如那時候不要跟著約翰被嚇跑，再追上那白色的東西，上去看一看，不是早就看到真相了嗎？」

賽斯丁真是遺憾極了。不久房裡漸漸地明亮，太陽也升起了。

這時候海蒂已經被緹妮叫起床來，也不對她說明原因，立刻給她穿上最漂亮的上衣；所以弄得海蒂不知所措地呆立著。

・**伯恩（Barn）**　位於瑞士西半部領土的中央偏北處，是該國僅次於蘇黎世和日內瓦的第三大城，也是該國首都。舊城區今日已成為聯合國教科文組織核定的世界遺產。

她心中雖然很想問一問，可是又沒有勇氣向緹妮開口。
海蒂穿好了衣服，被帶進了客廳。她跑到塞萬先生的面前，鞠一個躬說：
「早安，先生。」
主人看著她的面孔說：
「好孩子，你知道大家為什麼這麼早就起床嗎？」
海蒂好像不知要怎麼回答，只是望著塞萬先生。這時塞萬先生才笑著說：
「對了！你還什麼都不知道的。你今天就要回家去了，而且現在馬上就要走。」
「回家？」
海蒂細聲地自己說了一聲，同時面孔變得蒼白了。這意外的打擊，使她幾乎連氣也吐不出來。
「你難道不想知道，為什麼要這麼快送你回家嗎？」
「我很想知道。」
海蒂大聲地說，而且轉為高興得眉開眼笑。塞萬先生說：
「那就好了。先去吃早餐，出發前我會告訴你。」
可是海蒂無論如何想努力多吃點，結果都還是食不下咽。她實在不知塞萬先生剛才說的，是她在做夢，還是真的。

「你讓賽斯丁多帶一點食物上路吧！」塞萬先生對著正走進來的羅美爾小姐說。

「這孩子聽到要回家，高興到一點食物也吃不下的。」

塞萬先生聽了羅美爾小姐的解說後，又朝著海蒂溫柔地說：

「那麼你先到克拉拉那裡玩玩，等馬車預備好了再叫你。」

這話正合海蒂的意思，她連忙跑到樓上去了。但她一進克拉拉的房裡一看時，一口大皮箱已張著口，放在房間當中。

「海蒂，你快來。」

克拉拉一看見海蒂，便招呼她過去。

「你看我為你都裝了些什麼東西，你都喜歡嗎？」

皮箱裡裝滿了衣服、圍裙、手帕，以及其它各式各樣的東西。

「還有這個，你看！」

克拉拉說時，很高興地指著一個籃子。海蒂瞄了一瞄，便高興得跳起來了。

原來籃子裡裝了十二個圓滾滾的白麵包，那是預備要送給婆婆的。兩人高興得竟忘記了時間。不一會兒，就有人在外邊喚說：

「小姐，馬車已經來了！」

他們連告別的時間都沒有了。

海蒂連忙跑到自己的房裡，把克拉拉的祖母給她的寶貝書本抱了來。

會沒有帶到這本書，是因為海蒂無論日夜，都沒有讓它離開身邊，連夜裡睡覺的時候，都還塞在枕頭底下，所以在收拾行李的時候，也沒有人注意到。

海蒂把那本書也擺在裝麵包的籃子裡。然後她再去看看有沒有什麼忘了帶，打開衣櫥來一看時，卻見那一條紅披肩還在那裡。

因為羅美爾小姐認為那披肩太醜了，故意不想讓她帶回去。海蒂卻把籃子裡裝不了的東西，都用這披肩包了起來，所以這一個紅包袱，變得更顯眼了。

這樣一切都預備妥當了，海蒂又戴上一頂華麗的帽子，從房中走了出來。

因為塞萬先生早已在外邊等著，所以兩個小女孩也沒有多少的時間可以慢慢話別了。

羅美爾小姐也站在樓梯上為她送別。可是她一看見那不三不四的紅包袱，立刻從籃子上解下來，丟到地上說：

「不行，愛得萊德！那樣的東西不能帶到家裡去的。太丟臉了！」

海蒂並沒有一定要去撿回來的決心，不過就像被人奪了她的寶貝，望著賽萬先生，似有什麼難言之隱。

塞萬先生看到後，斷然地說：「哦，不管什麼東西，你都帶去沒關係。不管是小貓也好，烏龜也好，你喜歡帶什麼，就帶什麼回去好了。羅美爾小姐，你也用不著去干涉她了。」

海蒂的臉上突呈喜色，敏捷地把包袱拾起來。

等她爬上馬車，站在車門口時，塞萬先生便握住她的小手和她說話，要她不要忘了他和克拉拉，並祝福她這次旅行一路順風。

海蒂也對他說了幾句感謝的話，並託他代向盧勃醫生致謝。

「等明天早上，你就會好了。」

昨夜盧勃醫生所說的這句話，她還沒有忘記。今天之所以突然能夠回家，也一定是他的幫助吧！

海蒂進了車內、籃子和食物也跟著被遞進來。後來賽斯丁也上車來了。

這時候塞萬先生再對著她說：

「一路順風！不要忘了我們都愛你。」

在塞萬一家人的祝福下，馬車慢慢開動了。

7

教堂的鐘聲

我們會忘記神，但神不會忘記我們。
牧羊人即使有一百隻羊，其中一支羊走丟了，
牧羊人還是會先放下其他的九十九隻，
先找這一隻。

過了一會兒，海蒂已經在火車上了。

她把要送給婆婆的禮物，就是裝滿美味的白麵包的籃子抱在膝上，一刻也不放鬆；不時還偷偷地瞄一瞄。

在最初的幾個鐘頭，她就像鼷鼠（注）一樣坐著不動。到後來才明白，現在自己是真的要回爺爺住的地方去了。

馬上就要回到山頂了，會先經過婆婆和彼得住的地方，自己日夜思戀的事物，一切就要在眼前出現了。大家的近況又如何呢？她一想到這裡，突然擔憂了起來：

「賽斯丁，山上的婆婆還沒有死吧？」

「不會死的，她還在等你帶回去的白麵包。」

賽斯丁好心地安慰她。

海蒂又想起了種種的心事來，時時瞄一瞄籃子裡，又想到將那白麵包擺在婆婆的餐桌上的情景。經過了長時的沉默之後，海蒂又開口說話了：

「賽斯丁，你為什麼一口咬定山上的婆婆還沒有死呢？」

「你放心好了，我聽過你為她禱告。她當然是平平安安的，怎麼會死呢？」

賽斯丁睡眼朦朧地回應著。幸好沒多久，海蒂也跟著睡著了。

夜裡不能安睡，今天又一大清早又被叫了起來，所以海蒂這時候已睡得人事不知了。直等到被賽斯丁把她搖起來，告訴她已經到了伯恩時，她才醒過了。

第二天又從伯恩轉搭要去曼菲的火車，海蒂照樣緊抱著麵包籃子。想到今天真的回到家裡去時，她興奮得連話也不說了。

在火車裡又經過了五六個小時，當聽到火車停下時，月台上喊著「曼菲」的站名時。海蒂和賽斯丁都嚇得跳了起來。

他們兩人趕緊分別帶著皮箱與籃子，下車到了月台。火車的汽笛響了一聲，又吐著濃煙向山谷的那方馳去了。

賽斯丁悵然地目送著火車，想到馬上要在這樣的鄉下一步一步走路時，他還真的有點害怕了。

一走出火車站，他就想找個人來問問，到德福里村的路該怎麼走，因此特別留心地到處望了望。

果然在火車站外不遠處，看見有一部骯髒的運貨馬車，邊上有位身體粗壯的男子，

・**鼷鼠（mouse）**　家鼠的一種，俗稱小家鼠。身體很小，不到褐家鼠的一半，嘴部尖而長，耳朵較大，尾巴細長，全身灰黑色或褐黑色。鼷鼠遇到天敵時，會把兩隻前腳合在一起，只用後腳與尾部著地，好像是坐著。

正忙著把從火車上搬下來的貨物，往馬車上堆起來；賽斯丁立刻走上去問他：

「先生，請問到德福里村該怎麼去？」

那人的回答很簡單：「不管走那一條路，你都會走到的。」

賽斯丁沒法，只好再問：「我是問要走那一條路，這孩子和行李才可以不用翻山越嶺，直接到達那裡。」

那男子望了一望那皮箱的重量與體積，因為海蒂與箱子都不重，就爽快地說：

「這樣吧！孩子跟行李都裝在我的馬車上，我幫你運到德福里村。」

賽斯丁與那車伕談定了運費，由他將海蒂和行李運到德福里村，然後約好黃昏時在村裡相會，再找村裡的人帶海蒂上山找爺爺。

「賽斯丁，不用麻煩你多跑一趟了，到了德福里村，我自己知道回家的路。」海蒂插嘴說。

賽斯丁知道自己可以不必親自陪海蒂上山，立刻鬆了一口氣。

他先把海蒂帶到一邊，慎重地把一個封包和一封塞萬先生給爺爺的信交給她說：

「這些是塞萬先生給你爺爺的，你要好好擺在裝麵包的籃子底下，千萬不要丟掉；假如遺失了，塞萬先生一定會怪我的。」

「放心，一定不會丟掉的。」海蒂十分有把握地說。

海蒂把封包和信都裝進籃子裡去了，皮箱則由那人搬上了車。賽斯丁把海蒂和籃子也一起抱了上去，便和海蒂握手告別，並使著眼色要她留心看著那籃子。

馬車夫這時候也坐上海蒂的身邊，揚一揚鞭，馬車便向山地方向馳去了。

賽斯丁暗自稱慶，自己不費舉足一步之勞，塞萬先生交代的公事都已辦妥；所以又到車站裡休息，等回頭的火車了。

那位馬車夫原本就住在德福里村裡的一家麵包店，這次是到火車站來搬運麵粉袋回去的。他雖然從來沒看過海蒂，不過也像村裡的其他人一樣，早就知道了海蒂的故事，和她的雙親的往事，所以一看見海蒂時，便知道這就是傳說中的那小孩子了。

然而他還不知道海蒂為什麼又回來了？兩人因此一路攀談起來了。

「你是艾爾姆大叔那裡的小孩子吧？」

「是的。」

「這次你為什麼回來呢？那邊的人待你不好嗎？」

「不是的，法蘭克福那邊待我非常好。」

「那麼你為什麼又跑了回來呢？」

「塞萬先生讓我回來的。要不然就是我想回來，也不可能回得來啦！」

「那邊既然讓你住在那裡，你為什麼不好好地住下去呢？那裡不是比家裡好得多嗎？」

「不，在山上和爺爺在一起，比什麼地方都好，所以我就回來啦！」

「唉！你回去看看也好，但恐怕又要後悔了吧？」

麵包店的男子似乎不太高興地說著，然後嘴裡又嘰哩咕嚕地說：

「真奇怪的小孩子！」

他轉頭自己吹起口哨來，再也不說話了。

海蒂一路看看周圍的風景，不禁興奮得幾乎全身都要發抖了。路旁的樹木都是熟識的樹木；高聳在頭上的山峰，也像朋友一樣俯瞰著她，海蒂也點點頭對大家行禮。

海蒂越走越是高興，幾乎想從車上跳下來，一直跑到山頂去。她心裡雖然這麼興奮，可是還是依然靜靜地坐著，動也不動。

馬車到了山下的村裡時，恰巧是五點鐘。一群小孩子和女人們，馬上集攏到馬車旁邊來。

但也難怪大家會好奇，車上載著一個奇形怪狀的皮箱，和一位小女孩，被麵包店裡的人帶來村裡，村裡的人們立刻議論紛紛了。男子將提著籃子的海蒂抱下來，她立刻說：

「謝謝你，皮箱先暫時寄放在這裡，以後爺爺會找你來拿回去的。」

海蒂說完拔腿便跑，同時站在路旁的人，一個一個都想喚住她問長問短。可是一看見她那急著跑走的樣子，大家又不好意思攔住她慢慢詢問。

「你看，她害怕成那個樣子的。也難怪啦！」

大家一時之間，又談論起艾爾姆大叔的事來了。

「艾爾姆大叔近來越變越兇，看到我就像是想殺了我似的。」

「他根本不與我說話，連看也不看一眼。」

「可憐的孩子，如果她有能住得下去的地方，也不至於再跑回那老虎窩吧？」

不過那帶海蒂回來的麵包店的男子，卻制止他們說下去，因為這種臆測是不對的，只有他自己知道得最詳細，他先告訴他們：

「那位帶海蒂到曼菲來的人，是一位很和氣的紳士，他把海蒂和行李托給我的時候，對於運費，一個錢也不還價，還給了我小費呢！而且據海蒂說，她在法蘭克福那裡，要什麼就有什麼，這次之所以回來，完全是她自己想回爺爺家裡，他們才送她回來的。」

這段話使所有聽到的人都吃了一驚，馬上傳遍全村了。那天夜裡，這山村中幾乎沒有一家人，不在議論著海蒂的事。

海蒂盡其全力地在趕那險峻的山路。不過手上提了那麼重的一個籃子，路又是越走越險，所以也不能不時要停下腳步來喘一口氣。

「如果婆婆還活著，一定是坐在那角落裡紡紗吧！」

她心裡一直這麼想念著；等到望見那孤立在山凹處的房子時，海蒂的胸口便像鹿兒一般地跳起來了。她越跑得快，心臟也越跳得厲害。

好不容易趕到門口，她又全身顫抖得連門也不會推開了。她站定了後，想在那裡喘一喘氣。這時候她就聽到了屋內傳來禱告的聲音。

「主啊！我知道你一定會讓海蒂再到我們家來的。在你接我去你那裡之前，你一定會讓我再聽到一次她的聲音。……主啊！你會聽我的禱告。」

忽然，屋裡禱告的聲音停了下來，婆婆喊著：

「誰？在門口的人是誰？」

「是我；婆婆，是我。」

海蒂一邊說，一邊走進去，拉住了婆婆的手。因為過於高興，所以連話也說不出來了。

婆婆一時間也因喜出望外，竟然默默無言，只伸手摸著海蒂的鬈髮說：

「真的，這是那小孩的頭髮，是那小孩的聲音。主呀！我知道你是聽禱告的神。」

婆婆從那瞎了的雙眼中，流出來的每滴眼淚，一滴一滴都落在海蒂手上。

「真像做夢一樣。海蒂，你真的回來了嗎？」

「是真的啊！婆婆，我不是站在這裡嗎？」

海蒂再決斷地說了一次，拉著婆婆的手安慰說：

「婆婆，你不要再傷心了，我再也不離開你了。而且以後我每天都會來看你的。婆婆，以後你就可以不用再啃那種硬麵包了。你摸摸看！」

海蒂從籃子裡把那十二個麵包都拿了出來，放在婆婆的膝上。婆婆感動地讚美：

「主啊！這是多麼好的禮物！不過，最好的禮物，還是海蒂自己回來了。」

婆婆一面說，一面又摸摸海蒂的頭髮，摸摸她的臉。

「你趕快告訴我，這段時間你都去了哪裡？讓我多聽一點你的聲音。」

於是海蒂便將自己在法蘭克福的生活，以及自己如何擔心婆婆，也擔心自己回來時，沒有機會可以把麵包給婆婆，這些事全都說了出來。

這時候，彼得的母親碧姬剛從屋外進來，一看見這光景，嚇了一跳，一個人只呆站在門口處。

「你？你是海蒂麼？」碧姬說。

海蒂從椅子上站起來。碧姬竭力稱讚海蒂的衣服和她的樣子是如何漂亮。她在海蒂的前後左右團團轉地說：

「婆婆，真想讓你看一看，海蒂的衣服有多漂亮。我都認不出是她了，桌上那插著鳥羽的帽子，也是你的吧？海蒂，你戴一下給我看，多漂亮啊！」

「喔！我戴起來不合適。伯母如果想要，我就給你。我不想要這頂帽子了，我另外還有一頂。」海蒂決然地說。

海蒂一面說，一面解開那紅色包袱，取出了她自己原來的那頂舊帽子來。本來就已經很破舊的帽子，再加上這次在行李中被這麼一壓，更加變得不成樣子了；但是海蒂卻一點也不在乎。

海蒂還沒有忘記前次爺爺罵黛德阿姨時說的話，爺爺叫她再也不許到自己的地方來，他還說再也不願意看她那幾根鳥羽翻飛的帽子。

所以海蒂便寶貝般地保存起那舊帽子，決意下次回到爺爺的地方時，可以不用戴那附有羽飾的帽子。碧姬還對她說：

「那麼漂亮的帽子，白白送了別人，未免太可惜，我自己戴這頂帽子也不適合，如果你不要的話，最好是拿去賣給德福里村學校校長家的小姐，一定可以賣到很好的價錢。」

然而海蒂卻根本聽不進她的話，只把帽子一塞，藏在碧姬的椅背後去了。然後她再把身上穿著的美麗的衣服也都脫了下來，只把自己的紅披肩披在襯衣上，讓手臂也都露出來了。

「婆婆，我現在要回到爺爺那裡去了。我明天會再來。再見。」海蒂親切地拉著婆婆的手說。

「哦！那你明天一定要來啊！」

婆婆心裡還是不願意海蒂現在就走，所以仍然緊握著她的手說。

「噯喲！你怎麼把衣服都脫下來了呢？」碧姬回轉頭來問。

「我不穿原來的衣服回去，恐怕爺爺會認不出是我哪。你剛才不是也看不出來嗎？」

碧姬跟著海蒂到了門口，附耳向她說：

「唉！沒錯，你還是穿原來的衣服回去比較好，這樣爺爺一看便知道是你了，不過你一定要小心啊！據彼得說，艾爾姆大叔近來脾氣很不好，不愛跟人說話。」

海蒂向她告了別，提著籃子向山上走去了。周圍險峻的綠色山坡，在夕陽裡照映；頂上閃爍的雪原，不久也在眼前出現了。

到了更高的山上時，背後的山峰也顯現出來。海蒂不能不時時停下回望。突然有那溫暖的金光射落在腳下的草原上。

海蒂回轉頭來一望，那真的是美麗的，夢想不到的風景。高聳的兩座山峰，紅得像兩團大火焰一般；廣闊的雪原，也變成了玫瑰色；幾片桃花色的雲，在空中蕩漾。山坡上的短草，都成黃金色，一切的岩石，互相輝映；眼下的澗谷，也都浸沉在黃金色的霧靄中。

海蒂在眺望著這周圍的風景，不覺滴下眼淚來了。她對著天空，大聲地禱告說：

「主啊！我又回到這裡裡了，感謝你讓這樣的美景永遠不變，依舊成了我的一切。」

海蒂帶著滿腔喜悅和感謝，呆呆地站在那裡，直望到那光輝眩目的景色漸漸淡薄了，然後才又急忙地往上跑。

不久，她已看見了高聳屹立在小屋頂上的樅樹梢，看見了屋頂，看見了小屋，看見了坐在家門前吸菸的爺爺，連樹葉的搖曳也明白地可以看見了。

海蒂盡力鼓動一雙小腳，在爺爺還沒有看清是誰的時候，她已經一撲就撲在他身上，兩手抱住爺爺的脖子，連聲呼喚：

「爺爺，我回來了。」

爺爺一時也說不出話來。為了海蒂，他這段時間裡，幾乎沒有一天不傷心落淚。他先用手揩乾眼淚，然後拉開海蒂圍在他頸上的手，把她抱在膝上，看了一會兒之後，才開口說：

「海蒂，你最後還是回到我這裡來了。但你並沒有裝著一副大家閨秀的臭架子。你是被他們趕回來的嗎？」

「不，不是的，爺爺。」

海蒂一面搖著手，一面熱心地解釋說：

「你不要想錯，以為我是被他們趕了回來的。他們對我非常好，克拉拉、奶奶、塞萬先生都對待我很好。不過我還是想回到爺爺這裡來。你不知道我想得多厲害，不過我又不好意思對人說，怕被人家覺得我忘恩負義。結果昨天早上，塞萬先生便對我說，如果我想回家，那就讓我回去。我想那一定是盧勃醫生幫我說情的，詳細的事情，他們恐怕都寫在信上了吧！」

海蒂說時，從爺爺的膝上跳下來，從籃子裡將賽斯丁交給她的封包和信都取了出來，遞給了爺爺。

「這是給你的。」

爺爺將封包放在椅上，只把信展開來看。看完後就不再說什麼了，只把信塞到口袋裡。

「海蒂，你又可以跟我住在一起，喝喝羊奶過日子了。」

爺爺牽著海蒂的小手，走進屋裡。

「你拿了那麼多的錢回來，不管是床鋪、被單、衣服，凡是你想要的東西，現在都可以買了。」

海蒂聽了後說：「我不要買那些東西。我不是已經有從前的那張床鋪嗎？衣服克拉拉也給了我很多，現在都在箱子裡，不用再去買了。」

「總之，你把那些錢拿去，放在櫥子裡好了。有時候會用得著的。」

於是海蒂就照著爺爺的話，把錢收了起來。然後她在屋裡到處跑，十分慶幸自己能夠再看見這一切的東西。等到她爬上梯子一看時，卻又不禁嚇了一跳。她帶著懷疑不解的聲調問：

「爺爺，怎麼我的床鋪沒有了！」

「我馬上再給你弄一個好了。我怎麼會知道你什麼時候要回來呢？你先下來喝羊奶吧！」

爺爺在下面說著。

海蒂又爬了下來，坐在她自己原來的高板凳上，捧起了木碗，像從沒有喝過這麼甘美的東西，喝得十分起勁。等喝完把碗放下時又說：

「爺爺，世界上沒有像家裡的羊奶這麼好吃的東西了。」

這時候，屋外有人吹了一聲尖銳的口哨，海蒂像火箭般地跳了出去。彼得站在那亂跳亂跑的羊群當中，一看見了海蒂，就嚇得呆站著，連話也不會說了。

海蒂在說話時，闖進羊群裡；嘴裡只說：「『天鵝』啊！我的小寶寶，『小熊』啊！我的小寶寶，你們還認得我嗎？」

「彼得，你好。」

這兩隻山羊馬上聽出是海蒂的聲音，把頭往海蒂的身上擦，高興得高聲叫起來了。海蒂還呼叫著其他的山羊，牠們也都應聲搶著跑過來。那性情暴燥的「金雀」，連忙擠開了身旁的兩匹同類。那柔順的「雪兒」也毅然推開「蠻牛」，直跑到海蒂的面前，頻頻擺動幾根鬍子，就像是說：

「你還認得我吧！」

海蒂慶幸能回到自己親友所住的地方來，高興得到了極點。她抱抱那美麗的「雪兒」，又拍拍那蠻勇的「金雀」；完全被那些戀慕而來的山羊群包圍住了。過了一會兒，她才走到呆立著的彼得面前說：

「坐下來吧，彼得。你不也應該問我一聲好嗎？」

「真的？你真的回來了嗎？」

他就這麼說了一句，便跑下來，握住海蒂的手，而且照從前每天分離的時候的舊例，他仍沒有忘記地問了一聲：

「明天一起去吧？」

「我明天不能去，不過後天還是要去的。明天我要去看婆婆。」

「回來了，真好啊！」

彼得高興得眉開眼笑。他隨即預備帶山羊們下山了，但是那些動物突然看見了海蒂，只顧圍著她亂跑，所以彼得要出盡死力，才可以驅趕牠們回家了。

等海蒂先跳了出來，拉著爺爺家的兩匹山羊走開時，其他的羊群也突然要跟著往那方向跑。結果海蒂只牽住自己家裡的兩匹躲進羊欄裡，立刻把門關起來了。要不然再這樣下去，恐怕那天彼得就休想把羊群帶回去了。

等這些事鬧完之後，海蒂回到家中一看，她的床鋪已經弄好了。枯草堆得那麼厚，香氣又是那麼好。

爺爺照著前次的例子，把新的墊單鋪上去。海蒂能在這麼溫暖的床上睡覺，那真是無上的快樂，所以她馬上就睡著了。

爺爺夜裡不知道爬起來了多少次，攀著梯子上去看看，海蒂到底能不能睡得著，又恐怕她睡得不舒服而歎氣，又恐怕她的床離圓窗太遠，會望不到月亮。

可是海蒂卻總是睡得安安穩穩的，多時的宿願已經得償，在夕陽中輝映的山岩已經看過了，微風中鳴動的樅樹，也再次送到了耳朵裡。她現在又成了山上的人，不必在半夜中徬徨了。

第二天一早，海蒂站在樅樹下等著爺爺。

今天爺爺決定先把海蒂送到彼得家去看婆婆，然後他自己再到福德里村去，取回海蒂帶來的箱子。

海蒂心中想像著婆婆現在不知道有多麼高興地在吃著那白麵包，恨不得插翅飛到她家裡去看看。

不過就在這裡等一會兒時，她也不覺無聊。耳邊熟悉的風吹樅樹聲，無論聽多久都不會厭的；從牧場那邊飄漾過來的花香，也是再聞也聞不夠的。爺爺從家中走出來，望望四周，高興地說：

「走吧！」

這天恰巧是星期日。每星期爺爺只要碰著這一天，總會把屋子內外都收拾得乾乾淨淨的。

今天早上他也是忙著收拾，所以要到午後，才能把海蒂帶下山去。

到了彼得家門口，祖孫二人才分手。海蒂馬上跳了進去。婆婆一聽見海蒂的腳步聲，就摸摸索索地到門口來迎接。

「是海蒂吧？你又來了嗎？」

婆婆拉住了海蒂的手，就像怕她又會離開了那樣緊握不放。她一面告訴海蒂，說那白麵包的滋味是如何的好，真的使人吃到不知道飽。這時候彼得的媽媽也插嘴說：

「如果能這樣吃下去，不到一個星期，婆婆一定會強健起來。不過她也怕一下子全吃完了，所以捨不得，只吃了一個。」

海蒂聽見這話，想了一想；突然想起一個好辦法來了。

「婆婆，你心吧！等我寫封信給克拉拉，她一定會寄麵包來。因為我從前在她家裡，積下了很多很多在櫥子裡。那次被他們拿去的時候，克拉拉曾對我說：『等我回來時，我照樣賠你那麼多的。』所以我想只要我寫一信給她，她一定會寄來給我的。」

碧姬高興地說：「那就好極了。不過一次寄那麼多來，擺在家裡還是會變硬，甚至發黴。德福里村的麵包店，現在也會做白麵包了，如果能常常去買，就就好極了。不過我們家裡現在連要買黑麵包，也不大容易了！」

海蒂聽見這話，又想到一個更好的辦法。她高興得像什麼似地，在房裡亂跳亂跑地說：

「婆婆，我有很多錢，現在就有用處了。我要讓你拿去買白麵包，一天買一個，星期天就買兩個，你叫彼得去買就好了。」

婆婆一聽立刻反對說：「那怎麼行？人家給你錢，不是給你拿來替我買白麵包的。

你必須把錢都交給爺爺，爺爺會告訴你該買什麼的。」
不過海蒂並不願將這念頭打消，還是跳來跳去，儘管叫喚。
「婆婆，你以後每天都買白麵包吃就好了。你一定會健壯起來的。」
忽然她又大叫起來，像是樂不可支似地說：
「等婆婆的身體一好，眼睛就可以看得見了。現在一定是因為身體太弱了，所以才看不見。」
婆婆無心打破海蒂這樣快樂的夢想，所以也就不出聲。
海蒂越想越樂，越是亂跳亂舞。她無意中看見了婆婆的那一本破舊的《祈禱書》，心裡又想起了一樁事。
「婆婆，我認得字了。我念一段給你聽好嗎？」
「啊，真的嗎？」婆婆又驚又喜地說。「你真的認識字了嗎？」
這時候海蒂已經爬上椅子，伸手把那滿是灰塵的《祈禱書》取下來了。她先把塵埃吹拂乾淨，然後坐在婆婆身旁，問她要聽那一首。
「不管哪一段，只要你喜歡念的就好。」
婆婆把紡車推開，熱心地等著海蒂開口。海蒂看到屋外的山羊，就對婆婆說：
「婆婆，我念一首跟牧羊人有關的詩給你聽吧！」

海蒂翻開了《祈禱書》，找出在法蘭克福時，奶奶教她讀過的〈耶和華是我的牧者〉(注)，大聲朗讀起來：

「耶和華是我的牧者，我必不致缺乏。
他使我躺臥在青草地上，領我在可安歇的水邊。
他使我的靈魂甦醒，為自己的名引導我走義路。
我雖然行過死蔭的幽谷，也不怕遭害，
因為你與我同在；
你的杖，你的竿，都安慰我。
在我敵人面前，你為我擺設筵席；
你用油膏了我的頭，使我的福杯滿溢。
我一生一世必有恩惠慈愛隨著我；
我且要住在耶和華的殿中，直到永遠。」

海蒂一開始念，婆婆合著掌，聽得入神，那臉上的喜悅神情，就連海蒂也從未曾看過。等海蒂念完之後，她懇求說：

「海蒂，再念一遍給我聽吧！再念一遍。」

於是海蒂又念了一遍。但念到了「我雖然行過死蔭的幽谷，也不怕遭害」時，婆婆忽然又從頭開始，大聲地自己唱起這首詩來，原來婆婆竟然會用唱的唱出這首詩歌。

「啊，海蒂，你知道嗎？這首詩歌給了我亮光，我的心都亮了起來。雖然我看不見，就像『行過死蔭的幽谷』，但我一點也不害怕。海蒂，你真是一個小天使。」

海蒂也高興得只是微笑，再看一看婆婆的面孔時，那種喜悅之色，真是從所未見的；就像她的眼睛也突然好了，已經看到了天國裡的樂園。

過了一會兒，窗外傳來輕敲下窗子的聲音，海蒂知道爺爺來接她了，於是就向婆婆告別，並說明天即使和彼得到山上去，下午也還要到婆婆家裡來。

等海蒂剛想走出時，碧姬已拿著上次海蒂丟在那裡的衣服和帽子，匆匆趕了出來。不過海蒂總不肯收下；硬說是不想要，要碧姬收起來。

海蒂和爺爺走在一起時，便一路走一路把今天的事情都對爺爺說了。好像是只要有錢，就可以到村裡去買白麵包，那麼婆婆吃了就能健壯起來，以後眼睛也一定可以看得見啦……

但是話鋒一轉，海蒂忽然又說：

．**耶和華是我的牧者**（**The LORD is my shepherd.**）　這是《舊約聖經．詩篇》第二十三篇的經文，作者是以色列君王大衛王。被稱為詩篇中的詩篇，或詩篇之珠。除了主禱文外，這是最多人朗誦的詩。

「不過婆婆家裡沒有那麼多錢，所以我請爺爺把我的錢給了我好嗎？讓我把錢交給彼得，那他就可以天天買白麵包回來；每逢禮拜日，還要特別買兩個呢！」

爺爺聽了卻制止說：

「不行，那麼你的床鋪怎麼辦？塞萬先生信上說你有夢遊症的，我一定要幫你買一張最好的床。買床剩下來的錢，再來買麵包也夠了。」

可是海蒂不肯讓步，一定要爺爺依她的話；並且說：

「乾草的鋪褥比那法蘭克福的有枕頭的華麗床鋪還舒服。我在這裡睡得很好，不必另外買床。」

爺爺無法攔阻海蒂，只好說：

「反正錢是你的，隨便你要怎麼用就怎麼用好了。如果是想給婆婆買白麵包，那可以買好幾年的。」

海蒂聽到這話，心裡便想，婆婆以後可以不用啃黑麵包了；所以高興得叫了起來。

「爺爺，現在不管什麼，都比從前好了。」

海蒂拉著爺爺，像小鳥一樣地亂叫亂唱，跳來跳去；突然間，她又安靜下來了，很專注地對爺爺說：

「爺爺，我在法蘭克福時，如果我第一次禱告，神就讓我回來，那就沒有現在這麼好了。婆婆能吃的白麵包只有一點點，我也不會認識字，幸虧神比我更知道，我想要的並不是我需要的，祂會給我最需要的。就像克拉拉的奶奶說的，當我哭著想回家時，神沒有讓我走，因為祂知道現在走對我更好。」

艾爾姆大叔聽到久別的孫女對他說的這句話，眼睛亮了起來，有點不敢想像，但海蒂接著又說：

「克拉拉的奶奶還說過：『我們只要誠心祈禱，即使我們曾經遠離了神，做了祂不喜歡的事，神也依然會愛我們的。』所以我現在即使遇到不如意的事，也不會失望，就把它當作是在法蘭克福時那樣，要繼續感謝神，因為祂在為我做更好的計畫。」

艾爾姆大叔喃喃地說：「那是對你，對我這樣的人，神已經忘記我了。」

「不，爺爺。我們會忘記神，但神不會忘記我們。牧羊人即使有一百隻羊，其中一隻羊走丟了，牧羊人還是會先放下其他的九十九隻，先找這一隻。」

「海蒂，那是誰告訴你的？」

「克拉拉的奶奶說的。」

爺爺不做聲走了一會兒，然後嘴裡喃喃地說：

「唉！她是個好人，神會喜歡她的。但過去的事情，我現在後悔也來不及了。我再也不能回到神的懷裡。忘記了神的人，也將永遠被神忘記的。」

「你錯了，爺爺。奶奶說過的，我們無論什麼時候，都可以回到神的懷裡。在我的書上，有一個很有趣味的故事就是這樣說的。我還沒有告訴爺爺呢！等回家時，我就讀給你聽吧！」

海蒂恨不得立刻就爬上那嶮峻的山路。一到家門口，她便脫開爺爺的手，跳進屋裡。爺爺將籃子從肩上取了下來。因為海蒂的那口箱子太重，一個人拿不動，所以只將要用的東西，先用籃子裝了一些回來。

艾爾姆大叔坐在椅子上，默默地想著心事。這時候，海蒂已挾著書本又跑出來了。

「我們快點讀讀看吧！爺爺。」

海蒂一看見爺爺坐在那裡，就這麼說了，自己也坐在他身邊。因為那一本書裡的每個故事，都是海蒂常讀的，所以一翻便能翻到那一段故事。海蒂連忙開口讀起來：

「第一張圖你可以看見，那牧羊童子在家中過著幸福的日子，天天只要趕著家裡的羊群到牧場裡去放牧。這張畫裡有一位服裝乾淨的小孩子，靠著鞭子站在夕陽的金光中。」

「但是以後呢？第二張圖那小孩子想要自己去外面賺大錢，過自由放縱的生活，就逼著父親分了家財，跑到城裡；誰知沒有多久，錢財都已用盡，弄得身無分文，只好跑去給人做工；然而他去打工的這家主人，田產畜牧都不及他自己的父親，只養了一些豬。所以他也就成了一個放豬奴，襤褸滿身，與豬共食，而且不得一飽。」

「第三張是這樣，他每天跟豬一起搶食物時，才想起自己從前在家時的快樂，還有父親的慈愛，和自己一時不聽父親的勸告，離家出走的錯誤，不禁傷心落淚了。因此，他打定主意，決心回到家裡去，還不敢要父親認他做兒子，只願做一個傭人；他心中存著這個想法，回到家裡去。他的父親卻在很遠的地方，已經看見兒子的身影了。」

海蒂讀到這地方，便停了一停說：

「爺爺，你說以後他們會怎麼樣呢？你以為那牧童的父親，一定是氣還未消，不肯收留他嗎？或是頂多收留他當個傭人吧？你聽我再讀下去。」

「你看第四張圖，那父親遠遠一看見自己的兒子，悲傷得立刻跑向前去，一把就抱住了他的兒子，和他親吻。那兒子原本想說：『父親！我得罪了天，又得罪了你；從今以後，我不配稱為你的兒子，把我當作一個雇工吧！』可是兒子一句話都還沒機會說，父親就已經吩咐僕人，拿最漂亮的衣服給他穿，拿戒指給他戴，拿鞋子給他穿，還要選一隻最肥大的犢牛(注)去殺，作為慶祝死去了的兒子的死而復生的饗宴。」

・**犢牛（Calf）** 尚未斷奶的小牛。因為還沒吃草和飼料，皮細薄、肉粉嫩，口感比成年的牛細緻好嚼，也幾乎沒有腥臊味。無論燒烤或香煎，都能吃出香嫩多汁的口感，是上等的佳餚。

「爺爺，這是一個很有意思的故事。」

海蒂還以為爺爺一定覺得很有趣，而且這故事的結尾，一定要使他出乎意外；可是爺爺卻只是默不作聲，所以她才問了這麼說了一句。

爺爺只是淡淡地說：「真的，很有意思的故事。」

這時候爺爺的面貌很嚴肅，海蒂也不敢再說，只盯著書本上的圖畫。過了一會兒，她才輕輕地把書本遞到爺爺的面前。

「你看，他的樣子多快樂。」

海蒂指看那回家後的牧童說，那兒子靠在父親的懷裡，重新做了他的兒子，所以臉上顯露著無限喜色。但爺爺似乎無動於衷，海蒂也就不再說了。

幾小時之後，海蒂已經呼呼地入睡了。這時候，爺爺才攀上了梯子，把媒油燈放在海蒂的床邊，借那燈光望了一會兒孫女兒的睡臉。

海蒂就像在禱告時一樣地合著掌，小小的臉上滿呈著和平安息的容光；彷彿就像對艾爾姆大叔有什麼禱告，有什麼懇求似的。

看著看著，艾爾姆大叔也不知不覺合起掌來，低著頭輕輕地禱告了。

「主啊！我曾經得罪了你，我不配稱為你的兒子，但你還是眷顧我這個十惡不赦的罪人，讓海蒂再回到我身邊……」

艾爾姆大叔一面禱告，一面那大顆大顆的淚珠，不禁都滾到頰上來了。

第二天早上，艾爾姆大叔站在小屋前，悠閒地在眺望四周的風景，輝映的朝陽，剛上了山頂，普照著四處的山谷。早禱的鐘聲，由山下的村裡傳了上來，樅樹上的小鳥也像唱和般地啼囀。爺爺再走進屋裡來喚海蒂：

「海蒂！你出來看看。太陽已經照進屋子裡了。把你最漂亮的衣服穿起來，我跟你一起上教堂。」

海蒂立刻穿好了她在法蘭克福所穿的華服，跑了下來。她一看爺爺的影子，也嚇了一跳，停步不前地說：

「爺爺，我從來沒有看過爺爺穿得這麼好看。那上衣還有銀鈕。爺爺一穿上禮服，真瀟灑啊！」

爺爺顯然也很高興，含著笑說：

「你也漂亮，海蒂。我們走吧！」

他牽著海蒂向山下走去。教堂裡的鐘聲響遍大地。越走近村裡，鐘聲越響亮，悠揚直上青空。海蒂恍惚地聽著那鐘聲說：

「爺爺，你聽，就像在過節一樣。」

當海蒂跟爺爺走進德福里村的教堂裡，坐定在最後一排時，教徒們已經開口在唱讚美歌了。在那首歌尚未唱完的時候，信徒中就有人互相會意似地彼此點點頭，有的竟細聲地談起來了。

「你看見了麼？艾爾姆大叔也來了。」

不一刻鐘，全教堂裡的人，都知道艾爾姆大叔到教堂裡來了，女人們在唱歌時還回頭張望。不過到了牧師開始講道時，大家就專心傾聽牧師的話了。

等講道完畢，艾爾姆大叔就牽著海蒂走出教堂，向牧師的住家那邊走去。信徒們都帶著疑惑不解的樣子，目送他們兩人。還有一些人，乾脆跟在他們背後，看看艾爾姆大叔會不會進去。

誰知艾爾姆大叔竟真的走進去了，因此，大家更聚成一堆，議論這稀罕的事情。一方面也望著牧師住家的門口，看看艾爾姆大叔究竟是在裡邊吵了一架，怒容滿面地跑出來？還是斯斯文文地和牧師談話呢？

為什麼艾爾姆大叔會下山來，而且突然跑進教堂裡？這真是村人們所想夢想不到的。其中甚至有人說：

「艾爾姆大叔這人，本來也不是像我們所想的那麼壞吧！」

「對啊！你看他那牽著小孩子的樣子，不是也像很細心嗎？」

「他只是長相兇一點而已，對小孩卻很好。」

這時候，麵包店的師傅就插嘴說了：

「我不是說過了嗎？那小女孩去幫傭的人家，是法蘭克福城裡的富裕人家，所以如果她的爺爺平常對她不好，她就不會回來了。」

當大家正在漸漸向艾爾姆大叔表示同情時，還有幾位女人跑來，說起她們從彼得媽媽和婆婆的口裡聽到的話。

到了後來，大家就像在等待久不見面的親戚朋友的一樣，都站在那裡等候消息。

這時艾爾姆大叔正走進了牧師的住宅，到了他的書房門口。牧師也馬上走出來。一看見了艾爾姆大叔，不但沒有驚駭的樣子，還像是正在等候著他一樣。

大概是他早已看見了艾爾姆大叔和海蒂走進教堂裡，並知道他們一定會來的吧！牧師誠懇地握了握艾爾姆大叔的手，艾爾姆大叔本來也沒有想到，自己能夠得到這樣款待，所以最初反到慌忙得不知所措。

過了一會兒，他才定一定心，誠懇地說：

「牧師，我今天特地來向你請罪，請你不要記住我上次對你說的話。那完全是我的錯。現在我已經決心聽你的勸告，預備在本年冬季，就搬到福德里村來。這麼小的孩子，住在山頂實在是太冷了。都是因為我不好，所以村裡的人才看不起我、不相信我。其實在我自己根本沒有什麼對他們不滿的。」

牧師喜形於色地握著這位老友的手，用十分同情的語調說：

「謝謝你。你既然想到這村裡來，和大家在一起，誰還有什麼話說呢？我跟你兩人，都是幾十年的好朋友，而且又是鄰居。我們當然又可以有一個快樂的冬夜了。我再去給你找幾位談心的朋友來，小孩子也自然有他們的朋友一起玩。」

牧師說完後，溫柔地摸摸海蒂的鬈髮，牽著她的手陪艾爾姆大叔走到門口，依依不捨似地又握了握手，自己才走進去。

那些站在門外的村人，一看見艾爾姆大叔走過來，便搶先去和他寒喧，或是握手。

「好久不見了，艾爾姆。」

「真難得等到你來了，我們真是歡迎之至。」

「我們早就想有一個機會，可以再和你談談了。」

各式各樣的問候寒喧，從四圍飛落到艾爾姆大叔的身上。這時艾爾姆大叔也立即告訴舊友們，今年冬天他一定搬到山下來住。大家一聽這消息，也都十分的高興。其中有幾位特別要好的戚友，更送他到半山上，叮嚀囑咐艾爾姆大叔下次下山的時候，一定到他們家裡去坐坐。

艾爾姆大叔和海蒂望著那些回去的村人，面上又呈現著喜色。海蒂更用那伶俐晶黑的眼睛，望著爺爺說：

「爺爺，你今天真是英俊啊！」

「那當然囉！海蒂，我今天可真快樂。就像做夢一樣。能夠和神，也能和其他愛神的人在一起，那是多麼幸福啊！我已經懂了，神把你送回我這裡來，就是要重新尋回我這個在外面流浪多年的兒子！」

當祖孫二人走到彼得家門前時，爺爺這次筆直地推開門，走了進去。

「你好！婆婆。秋風還沒有吹起時，我會再來把你把房子修理一下。」

「啊！艾爾姆大叔麼？」

婆婆一聽，又驚又喜地喚起來了。

「今天還能看得見你到我家裡來，這也是神讓我多活幾年的目的吧！這樣我也可以當面謝謝你了。願神保佑你！」

婆婆說話時，伸出一隻顫慄的手，艾爾姆大叔也熱心地和她握了一握。婆婆還接著說：

「我覺得有一些事，還是告訴海蒂比較好，所以我對她說了一點。萬一因為這樣就惹起你的不高興，請你也不要責備她。我求你，千萬不要在我被主接去之前趕走她。你不知道我是多麼的寶貝她呢？」

婆婆說話時，把站在旁邊的海蒂拉過來緊抱著。

「請你不用擔心，婆婆。我們還是照舊在一起過日子吧！」

這時候碧姬又把艾爾姆大叔帶到一個角落裡，把海蒂前次寄存在那裡的帽子拿給他看，附帶說明了經過，還說她不好意思收下小孩子送這樣的東西。艾爾姆大叔便說：

「這帽子既然是她自己的東西，她自己又不願意戴，那就隨便她想怎麼做就怎麼做。既然她說送給你，你就收下來好了。」

碧姬聽見這話，高興得不得了，又拿著帽子稱讚了一會。

「這總要賣十個馬克（注）以上。海蒂到法蘭克福去一次，就帶了這麼多東西回來。我也想把我們的彼得，送到那去看看，爺爺你說怎麼樣呢？」

爺爺臉上浮現著愉快之色，代表了他的意見。把彼得送到法蘭克福去，固然是很好，不過也要等到有機會時再說。

大家正在談論之間，彼得本人卻剛巧跳了進來。他似乎急得不得了的樣子，跳進來時，頭還碰著門口的柱子上，竟把屋內的東西都碰得搖動了。

彼得一站定，就喘著氣從口袋裡取出一封信來。這又是一件了不得的事！信是由郵政局要寄到山上給海蒂的。

海蒂趕快拆開信封看，同時大家也都圍攏了來，打聽那是誰寄來的，原來那是一封克拉拉寫的信。信裡說：

「海蒂，自從你走了之後，我在家裡覺得很無聊，所以就請求父親在今年秋天，帶我到溫泉區遊覽。那時奶奶也要跟我們一起去，所以我們想一起來探望你。」

除了塞萬一家將來這裡的消息，信中還說：

「奶奶說她想到了，去的時候還會再帶麵包給彼得的婆婆，現在先寄一點咖啡來，讓婆婆吃麵包時可以一起配著喝，等到秋天時，奶奶也會順便來看看彼得的婆婆。」

大家一聽到這個消息，真是又驚又喜，只顧你言我語地談論起來，連爺爺也坐得忘記回去了。大家真恨不得克拉拉馬上就來。到分別的時候，婆婆又說：

「老朋友又能再在一起談話，真是人生最快樂的事。下次請你再來坐坐吧！艾爾姆，海蒂明天還能來嗎？」

艾爾姆大叔和海蒂答應了之後，就回山上去了。早上下山來的時候，聽到了教堂裡的鐘聲；現在在回家的途中，又有那和平的暮鐘相送。山上的小屋，依然在夕陽的光輝中屹立著。

・**馬克（Deutsche Mark）**　德意志銀行發行流通於德國與境外的法定貨幣，一馬克等於一百芬尼（Pfennig），至二〇〇二年歐元流通後廢止。現在一歐元約等於一點九五馬克。

到了秋天，奶奶就要從法蘭克福到這裡，海蒂相信，一定又會遇到一些稀奇的、可驚可喜的事，因為奶奶已經告訴過海蒂：

「我們的神，是聽禱告的神。」

8

德福里的冬天

「你說的沒錯，可是如果這憂愁是由神造成的，那我們還能對神說什麼呢？」
海蒂想了一會，這實在是超出她所能理解的範圍。但她想起想起了自己的經驗，又繼續著說：
「那麼，你要耐心等候。」

那位主張送海蒂回山的盧勃醫生，正向塞萬先生的家走去。這是個晴朗的秋天的早晨，陽光照遍大地，微風吹得人們心神都清快起來了。但是那醫生卻低著頭，完全沒有仰望蔚藍天空的心情。

以前別人看到他，都是一副愉快的面孔，但現在卻呈現著悲傷的陰影。而且從今年的春天以來，他的頭髮白得更多了。

盧勃醫生本來有一個女兒，但自從他的太太逝世以後，他的希望便完全落在這個女兒的上。可是很不幸，三個月前他的獨生女，竟也竟與世長辭了。自此以後，他再也不像以前那樣快樂了。

門鈴響了，塞斯丁跑來開門，懇切地向盧勃醫生行了一個禮。因為這位醫生不但和這家的主人小姐們很熟，就是全家的傭人們，也都受他照顧，對他特別尊敬。

「你好吧？塞斯丁。」盧勃醫生說著說著，自己就走上石階了。

「你來得真好。」

塞萬先生看見盧勃醫生走進來，便開口說：

「關於到瑞士旅行去的事，我想再跟你談談。克拉拉身體已經漸漸好了，你認為她可以到瑞士走走好嗎？」

「唉！像你這樣的人，我實在沒有辦法。」

盧勃醫生坐在塞萬先生的旁邊，感慨地說：

「倘若尊夫人還在的話，那就好了。她什麼事都可以了解。應該做的事，她一定早就做了吧！你既然明知我的意見，為什麼還一直反覆問我呢？昨天也是為了這件事，派人接了我來三次。」

「抱歉！你說的那些我都是知道的。我也怪不得你生氣。不過我的心情，你也會明白的。」

塞萬先生把手放在盧勃醫生的肩膀上說：

「已經答應了小孩子的事，我也不能反悔。這幾個月以來，小孩子總是日夜不忘這件事。上次他身體狀況不好的時候，就一直希望能早點好，這樣才能到瑞士去看海蒂，所以才忍耐過去的。現在你叫我怎麼能說不去就不去呢？我實在說不出口。」

「好了，該說的我已經都說了，瑞士是去不得的。聽不聽我的建議，我就管不著了。」

盧勃醫生用他威嚴的態度說了，可是他看見塞萬先生只是垂頭喪氣地不做聲，所以隔了一會兒又接著說：

「你想想看，今年夏天，克拉拉的身體更加不行了。這時候還說什麼旅行。而且現在已經九月了，那邊倘若是天氣晴和，那倒還好；可是說不定已經寒冷了。白天也漸漸縮短，克拉拉又不能在山上過夜，所以即使是到了那裡，最多也不過逗留兩三個鐘頭。從這裡過去的路程那麼遠，登山又要坐轎子。塞萬，我看還是不行。我與你一起去勸勸克拉拉吧。她是很聽話的女孩子，我也不妨對她說說看吧！還是等到了明年四五月，再到溫泉區去吧！那樣就一直可以靜養到夏天。只要身體好起來了，隨便到什麼地方去都可以的。塞萬，你曉得吧！要克拉拉快點好起來，就一定要很小心啊！」

塞萬先生傷心地低著頭在聽醫生說話，突然間又站了起來說：

「先生，你老老實實地告訴我吧！我的小孩子有沒有痊癒的希望呢？」

盧勃醫生縮一縮肩，慢慢地說：

「沒有希望的；但是你也替我想想吧！你還有這位可愛的女兒，你一回家，就有人親熱地叫你爸爸。雖然克拉拉行動不方便，但是能看到她坐在家裡，也是幸福的。真的，你一點也不算是不幸，你還有父女團聚的幸福。你試著替我想想吧，我那種寂寞孤單，不是你能了解的。」

塞萬先生照樣不做聲，在房裡踱來踱去。突然他停步，把手放在盧勃醫生的肩上說：

「盧勃，我想出一個辦法來了。你這種愁眉不展的樣子，我實在也不放心。所以，我想到了一個辦法，就是要你去旅行，替我們做代表，請你到海蒂那裡去一趟。」

盧勃醫生聽到他這種突然的提議，立刻手足失措，雖經種種的反對，可是塞萬先生卻催得他沒有多說話的餘暇。

因為塞萬先生覺得他這種辦法很妥當，所以便拉著盧勃醫生，到克拉拉的房裡去了。克拉拉平時最喜歡盧勃醫生到家裡來的，因為他每次來看她時，總會說一些好聽的故事。但最近盧勃醫生似乎變得沈靜了些，克拉拉也明白是因為他的女兒剛去世，她也很想看到他能回復以前的喜樂。

她一看見盧勃醫生進來，就伸手去跟他握手，盧勃醫生就坐在她的身邊；爸爸也拉了一把椅子過來，握著女兒的小手，簡單地說明了就她現在這種身體，是無法到瑞士去的。

但爸爸同時又恐怕女兒傷心。所以接著說出自己的新計畫，只要盧勃醫生肯答應，最好就請他做代表，替克拉拉去跑一趟。

克拉拉雖竭力忍住了哭聲，但眼淚依然不斷湧出。日夜思慕的旅行，一旦說要作罷，當然很傷心了。不過克拉拉明白爸爸的這種提議，也是為了自己的健康，所以竭力忍住了淚水，把心思移到另外一方。克拉拉拉著盧勃醫生的手，懇求著說：

「先生，那就拜託你到海蒂那兒去一趟！回來時再把情形告訴我，那裡到底是什麼一個地方？海蒂和爺爺、彼得、山羊們每天過的是什麼日子？你都看了回來告訴我好吧！先生，你去吧！我會聽你的話，在家裡每天定時喝魚肝油。」

盧勃醫生是不是因為克拉拉答應肯吃魚肝油，才下了這樣的決心，沒有人知道；可是他確確實實地這樣說了：

「那麼，看來我就是非去不可了。不過到我回來時，你要吃得肥肥胖胖的才好啊！那麼，我什麼時候走呢？」

「明天早上，越快越好。」克拉拉說。

同時塞萬先生也插嘴說：

「就樣很好。難得天氣這麼好，浪費一刻鐘也很可惜。像這樣的日子，不在山上過，那才是傻子呢！」

盧勃醫生笑著說了：

「不要越說越起勁，又說我為什麼不早一點就該去了。總之，我馬上收拾動身就是了。」

克拉拉抓住了盧勃醫生不放，拜託他轉達一些給海蒂的話；並求他回來時，把那邊的事情詳細地告訴自己。至於禮物，還要等羅美爾小姐來辦，不過湊巧她上街去了，所以只好等一會兒，再送到盧勃醫生的家裡。

盧勃醫生一一答應了克拉拉的要求，決定明天就動身。雖然不一定是一大清早就趕路，不過他會趕快起程就是了。等他回來以後，再把山上的見聞，一一告訴克拉拉。

凡是做傭人的，都有一種靈巧的觀察力，能在沒有得到主人的命令之前，就先把事情預備得妥妥當當的。塞斯丁和緹妮似乎也有這種能力，當盧勃醫生還沒有走出大門時，緹妮已經聽見鈴聲響起，跑進克拉拉的房裡去了。

「先把那口箱子拿來，再把喝咖啡時吃的糖果裝滿了拿來。」

克拉拉指著房裡的一口箱子說了。緹妮遵命攜了箱子出來，不過心裡像是很不高興，嘴裡喃喃地說：

「真浪費啊！」

這時候塞斯丁正在送盧勃醫生出去，一邊替他拉開大門，一邊又說：

「先生，請您也替我問候一聲那小女孩吧！」

「啊！你已經知道了我要去旅行的事了嗎？」

塞斯丁嚇得趕緊解釋：

「不，先生，我也不知道。不過剛才走過餐廳時，無意間聽到先生您提起了那小女孩的名字，所以我就猜一定是這樣。對不起，我不該聽到你們說話，我也沒這個身分能請您代為傳話；但那孩子真的很可愛，是我送他回山上去的，我跟小姐一樣，也很想她，所以忍不住……」

盧勃醫生含笑著說：「不用多解釋了，我懂，我也很喜歡那孩子。這樣吧！見到她時，我也替你問候她就是了。再見。」

盧勃醫生剛想趕回家時，誰知又碰著了一樁怪事；那被狂風吹得走不開步的羅美爾小姐，剛巧跑到家門口，就碰著盧勃醫生從門口跨了出去。

羅美爾小姐的白披肩在風裡飄揚，就像帆船上的風帆一樣的。盧勃醫生趕快往後退了一步。可是羅美爾小姐平時對於這位先生是特別敬重的，所以也鄭重地趕快往後倒退讓路。

誰知當兩人都在謙讓不前的時候，突然又來了一陣大風，竟把羅美爾小姐連那一方風帆，吹到了盧勃醫生的懷裡。她連忙整整衣服，禮貌端正地去和盧勃醫生握手。

羅美爾小姐雖然有點難為情，幸虧這位盧勃醫生是最會體貼人的，所以她也就沒有什麼難過。盧勃醫生先告訴她關於旅行的事，隨後又託她把要送海蒂的禮物辦好。

克拉拉早已把要送海蒂的東西都找齊了，不過一想到要羅美爾小姐包裝時，一定還要和她爭論很久，心裡又有點擔心。

但是很意外，羅美爾小姐這次竟高高興興地一句話也沒有說，先把大桌子收拾乾淨，又將要送海蒂的東西都擺起來，然後在克拉拉的面前一樣一樣包封起來。

這可不是一件簡單的事；因為這些禮物各式各樣，大大小小的都有。其中有一件連頸巾的暖和大衣，這是克拉拉特別做給海蒂的。有了這一件衣服，今年冬天海蒂到婆婆家去的時候，就可以不用鑽在爺爺的麻布大口袋裡了。

其次是一條送給婆婆的暖和毛料厚披肩；有了這東西，即使冷風從屋外透進來，婆婆也不至於挨凍了。再其次是滿滿一大盒的糕餅，這個可以分一些給婆婆，讓她搭著咖啡吃。

此外還有不少的香腸，這是預備給彼得的。因為聽說彼得除了麵包和乾酪之外，不曾吃過別種東西。不過恐怕他一次全部吃光，就要傷及腸胃，所以她打算先交給碧姬叔母，每天只給他一片。

給爺爺的禮物是一包菸草，因為她聽海蒂說爺爺在臨睡前，最喜歡抽幾口香菸。最後還有一些各式各樣的袋子和小盒子等等，這些是克拉拉特別留心搜集來的。總之，不管是那一樣，海蒂只要打開來一看，一定會高興得跳起來。

一切的禮物都收拾妥當；一個大包袱放在地板上，只等人送去就是了。羅美爾小姐很滿足地在望著那綑好了的大包袱。

克拉拉也在想像著，當這包東西送到海蒂的家去時，她那種高興的樣子，所以也呆呆地望著那包袱出神。

過了一會兒，塞斯丁跑了進來，把包袱扛在肩上，送到盧勃醫生家裡去了。

清晨的陽光，映在山上，一切都成了黃金色。新鮮的風吹動了樅林，那些老梗的樹枝，都出了嘯聲。海蒂就在這聲音中醒轉了來。樹林的風聲，總會把海蒂引誘出去。她從床上跳下來，連忙換上衣服。不過她也想穿得齊齊整整的，所以花費了些時間。

等海蒂下樓時，爺爺已經站在門外，照例在望望天空，或是鑑賞著周圍的風景了。他應該是在研究今天的天氣。

空中蕩漾著一片片金色的浮雲，漸變漸亮，終於變成藍色了。高原和牧場，在剛爬上山頂的朝陽之下，全成了金黃色。

「啊！多美麗。爺爺，早安。」海蒂跑到爺爺的面前說。

「喔！你起來了嗎？」

海蒂一直跑到樅樹底下，和著樹聲連跳帶舞地叫了起來。

爺爺擠羊奶去了。擠好奶之後，又給牠們刷淨身體，然後放牠們出來。海蒂一看見她那二隻朋友，便跑過去摟抱起來。兩隻山羊也搶著過來表示親熱。海蒂快被牠們夾扁了，可是她還是一點也不害怕，當「小熊」猛撞過來的時候，海蒂便說：

「不行，不行，你簡直就像那『蠻牛』那樣粗野。」

「小熊一聽見這話，也就不再亂撞了。『天鵝』這時卻昂著頭，就像是在說「誰也不會說我像『蠻牛』吧！」，這是因為「天鵝」素來是比茶褐色的「小熊」文雅些。

過一會兒而就聽見了彼得的口哨聲，成群結隊的山羊從山下跑上來，海蒂被牠們圍住了。她好不容易才逃了出來，跑到那被擠在一旁的小雪兒的地方。

突然，彼得又吹了一聲尖銳的口哨，那就是代表他有話要對海蒂說，所以叫那些山羊走開的意思。山羊都讓到旁邊去，彼得走近海蒂說：

「今天能一起去玩嗎？」

他露出一副很不願意遭拒絕的樣子。

海蒂說：「不行，我在等法蘭克福要來的客人。要是他們來了，我不在家，那不是不好嗎？」

「你昨天也是這樣說的。」彼得很不高興地說。

「他們還沒有到之前，我就只能每天都這樣說哪。彼得，你想想看，如果法蘭克福的客人來了時，我不在家行嗎？」

「不是有艾爾姆大叔在家裡嗎？」彼得厲聲說。

這時候剛巧便聽見了艾爾姆大叔大聲的責問：

「喂，軍隊為什麼還不出發呢！是誰在貪玩？是隊長，還是士兵呢？」

彼得聽見這聲音，便揚一揚鞭子走了。山羊們也明白這記號，趕快向牧場那方跑去，彼得也跟著走去了。

海蒂自從回到爺爺這裡以後，連從前所從不曾思想過的，現在也會注意到了。譬如說每天一起來，立刻先把床鋪整理好，拍拍灰塵，再把它鋪平；再將椅子也一一擺好；食櫥內的東西，也排列得整整齊齊的。然後她又拿著抹布爬到椅上，將桌子擦得光鮮亮麗的。爺爺進屋裡一看，十分高興地說：

「真好，天天都是像星期天那樣的。」

彼得走了之後，海蒂和爺爺在一起吃過早飯，她就著手日常的工作。可是今天卻總是不大起勁，屋外是那麼好的天氣，引得人家沒有心情來做事。輝映的陽光，從敞開的窗口照進來，就像在說：

「出來，海蒂，你出來吧！」

海蒂實在忍不住這引誘，跑到屋外去了。陽光照遍小屋的四周，山上和谷裡，以及斜坡上的草，一片金色就像在引誘人家，所以海蒂實在忍不住，不能不起身看望那周圍的風景。

不過回頭一想，茶几還放在房間中，桌子也還沒有擦乾淨，所以她又趕快回到屋裡。誰知這時候樅樹又沙沙地響了起來，引得海蒂沒有心做事，只好又出去玩耍了。

爺爺雖然在工作房裡做事，也時時走到門口，含笑望著正在亂跑亂跳的海蒂。當他正想著手做事的時候，海蒂卻又叫喚起來了。

「爺爺，爺爺，你來看！」

爺爺很擔心，以為發生了什麼事，趕快跑出來看看，海蒂已經向山下跑了。

「他們來了！他們來了！醫生伯伯走在最前面。」

海蒂一口氣跑到盧勃醫生的面前，盧勃醫生也伸手來抱住了她。海蒂牽著他的手，高興得叫起來了：

「先生，你好啊！謝謝你。」

「噢，什麼事要謝謝我呢？」

「都靠先生幫忙，我才能又和爺爺住在一起了。」

盧勃醫生的面孔，突然像被太陽光照著那樣輝映了起來，因為他並沒有想到自己能得到這樣的歡迎。

盧勃醫生高興得出了神，無心看那周圍的風景，連那高山的美麗彎道也沒發現。她原本以為海蒂一定早就忘記了自己。因為在法蘭克福時，也只見過兩次面，而且這次他也沒有帶著海蒂所等待的人來，這不是更要使她失望嗎？

然而出人意外的，海蒂竟那麼高興，滿腔充滿了感謝和親愛之誠，牽住了他的手。盧勃醫生像慈父一樣攙著海蒂的手說：

「你帶我到爺爺那裡去，把你住的地方讓我看看。」

海蒂還站那裡不動，莫名其妙地望著山下的道路說：

「克拉拉和奶奶到哪裡去了？」

「啊！我知道我這次來山上，一定會讓你很失望，我是自己一個人來的。克拉拉因為身體不大好，所以不能讓她旅行，因此奶奶也沒有來。不過她說，等明年開春，天氣暖和的時候，大家一定會一起來的。」

這消息使海蒂大失所望，竟呆站著不會動了。盧勃醫生也不再說什麼，四周靜悄悄的，只聽到樅樹歎息的聲音。

等了一會兒，海蒂才猛然想起了自己跑到這裡來的原因，盧勃醫生已經真的到了這裡。海蒂抬起眼來，望見了呈露在盧勃醫生臉上傷心的表情，那是從前在法蘭克福時所未曾有的。

這表情打動了海蒂，她從來不能看著別人這樣的難過，更何況對於這親熱的盧勃醫生呢。海蒂猜想到這一定是因為克拉拉和奶奶不能來，所以她一定要設法安慰這位很難過的盧勃醫生：

「沒關係，明年春天也快到了，到時她們一定可以來的。」

盧勃醫生嚇了一跳，這些話原本是他自己一路上準備了很久，想要安慰海蒂用的，卻讓海蒂先說出來了，她用明朗的聲音繼續說：

「在這裡，日子過得很快。所以只要來了，一定可以住得很久啦！克拉拉也一定會喜歡這地方的。現在我們到爺爺那裡去吧！」

海蒂牽著盧勃醫生的手，走向山上的小屋去了。海蒂為了安慰盧勃醫生，還告訴他在山上冬天過得會怎麼快，春天不久就可以來了。連她自己也很相信自己說的話，一來到小屋前，就大聲對爺爺說：

「爺爺，今天醫生伯伯不是跟大家一起來的。不過他們過些時候，也就會來這裡了。」

在爺爺這裡，盧勃醫生也不是生客，因為這些日子以來，他時常聽海蒂說過。爺爺親熱地走上去和客人握手。兩人對坐在小屋前面，海蒂也就坐在一邊。

盧勃醫生先對爺爺說明，這次是受了塞萬先生之託才來的；然後又輕聲地告訴海蒂，說由法蘭克福帶來的好東西，馬上就可以送到了。

海蒂一聽這話，更是高興得不得了，恨不得馬上就可以看看這是一些什麼東西。艾爾姆大叔並勸盧勃醫生：

「你最好在這山上多玩幾天。我這裡雖然沒有房間可以讓客人下榻，不過也不必回到溫泉區找旅館，這山麓的德福里村，也有很好的旅館，就住在那裡好了，這樣每天都可以上山來。而且倘若你願意，這山上無論什麼地方，我都可以帶著你逛逛。」

盧勃醫生很贊成他的提議，當面就答應照這辦法做了。

太陽漸漸高昇，不一會兒已經快近午了。風已停歇，樅樹也靜靜地不動了。空氣是那麼暖和柔爽，還有一種不可言喻的新鮮空氣交融在這和暖中。

艾爾姆大叔站起來到屋裡去，搬了一張桌子出來：

「喂，海蒂，去把我們的盤碗拿出來，先生也只能委屈一點了。雖然沒有什麼好吃的東西，不過這餐廳的風景，倒還可以得到客人的稱許吧！」

「真的，這些風景就能使人食慾大增的。」盧勃醫生望著太陽下的山谷說。

海蒂忙碌得像松鼠（注）一樣，跑進跑出，把食櫥裡的東西都搬了出來。爺爺則正在預備飯菜。過了一會兒便捧了一個滿盛著羊奶的壺，和一盤烤黃了的乾酪，還切了一盤自製的燻肉出來。盧勃醫生覺得這些東西，比他一年來所吃的還要美味。

「我一定要帶克拉拉來的。她倘若吃了今天這樣的飯菜，一定會胖到讓人認不出來。」

談談說說之間，有一個男子背著一個大包袱走上來。他一走到屋前，把東西放在地上，深深地吸了幾下山上的空氣。

盧勃醫生站了起來，走過去把包袱的繩子解開說：

「這就是我從法蘭克福帶了來的禮物。」

海蒂心裡急得只望著他。盧勃醫生將外邊的捆繩解開後，便對海蒂說：

「接下來的，你自己去解吧！」

海蒂把禮物一一取了出來。每件東西都使她又驚又喜，連話也說不出來了。

盧勃醫生走到旁邊，打開一個大盒子，取出送給婆婆的咖啡和糕餅給海蒂看，海蒂真地高興得叫起來了：

「婆婆終於有蛋糕可以吃了。」

她把這些都禮物一一收了起來，說要馬上就要送去給婆婆。爺爺便對她說：

「等一下，黃昏時我陪盧勃醫生下山時，我們再一起去。」

海蒂只好先將要給婆婆的禮物放一邊，再翻一翻其他的，又翻到了一盒菸草，趕快拿去給爺爺，爺爺也非常喜歡，馬上裝在煙斗上，一面坐著陪盧勃醫生說話，一面就吸起菸來。在一邊清點東西的海蒂，突然跑到盧勃醫生的面前，鄭重其事地說：

「沒有任何禮物，比先生的來訪更使我們高興的。」

· **松鼠**（Sciuridae）　一種居於樹上的雜食性嚙齒動物，在歐亞大陸都十分常見。在自然界松鼠的天敵甚多，停留在洞穴以外，很容易就被天敵獵食，因此經常在洞穴間快速進出。

這一句禮貌十足卻又難脫稚氣的應酬話，一聽就像是從羅美爾小姐口中說出來的，把盧勃醫生逗得都笑起來了。

等到太陽剛下山時，盧勃醫生就說要下山到德福里村去找旅館住。爺爺也背著糕餅、披肩、香腸等禮物，盧勃醫生牽著海蒂，三人一起往山下走了。

走到彼得家門口時，海蒂與他們兩人分手了。爺爺要帶客人到德福里村去找旅館，這時間海蒂就可以在婆婆家裡玩耍，等爺爺來接她時再回去。當盧勃醫生拉著海蒂和她握手時，海蒂就問：

「明天早上，請先生和山羊一塊兒到花園來好嗎？」

海蒂以為這就是最好的款待了。

「好的，我和山羊一塊兒來吧！」盧勃醫生笑著說。

海蒂向婆婆的家跑去了。她先把裝蛋糕的盒子拿進去，然後又跑出來拿香腸，因為爺爺把禮物都擺在彼得家的門口；第三次出來再拿披肩。

她把這些東西都擺在靠近婆婆的坐處，讓婆婆可以摸得到那是什麼。披肩卻是披在婆婆的膝上了。

「這些都是法蘭克福的克拉拉和奶奶送來給我們的。」

一下子出現這麼多禮物，婆婆和碧姬都嚇了一跳，海蒂只是不斷地說：

「婆婆喜歡這些蛋糕吧？很好吃的。」

海蒂重複地這樣說了幾次，婆婆每次也只是說：

「是的，海蒂，他們對我們真好。」

婆婆一面說時，還一面用手摸那暖和的披肩：

「冬天有這東西就好了。做夢也沒有想到能有這麼好的披肩啊！」

海蒂覺得這很奇怪，為什麼婆婆喜歡披肩，而不喜歡蛋糕呢？碧姬也望著香腸，皺著眉頭。因為她長到這麼大，從沒有看過這樣奇怪的東西。她搖搖頭說：

「這是拿來做什麼用的呢？這非要問一問艾爾姆大叔不可。」

海蒂聽說，接嘴就說：

「那是吃的東西。」

這時候彼得進來說：「艾爾姆大叔來了。」

他一看見那麼多的香腸，真的連話也說不出來了。海蒂知道爺爺要來接她，就和婆婆們告別，爺爺今天也不進來了。因為每天都是天一亮就起床的，現在時候已經不早，也該回家睡覺了。

爺爺站在門口向彼得家的人們道別之後，帶著海蒂走了。祖孫二人在點點星光下，走回安祥的小屋。

第二天早上，盧勃醫生和彼得交雜在山羊群裡，由德福里村登山而來。盧勃醫生一直向彼得說話，但彼得卻根本不理。

二人正在默默地走去時，海蒂已經帶著兩隻山羊迎上來了。

「今天可以去了吧？」彼得照樣這麼問了一聲。

「如果醫生伯伯要去的話，我當然去。」

彼得斜睨著盧勃醫生。這時候爺爺拿著乾糧袋走來，對盧勃醫生問了早安，然後走近彼得，將袋子掛在他的頸上。

彼得發現今天的袋子特別沉重，因為爺爺恐怕小孩子們吃午飯的時候，盧勃醫生也要要吃點東西，所以特別多裝了一些肉與菜進去。

彼得知道袋內的東西，比平時要多，竟笑得牙齒都露出來了。

一行人與羊向山上走去，山羊們照例想挨近海蒂身邊，使得海蒂不能不停步。

「都到前面去，不要回頭看，也不要靠近我，我有話要對醫生伯伯說。」

海蒂說話時，還輕輕地在「雪兒」的背上拍了一下，然後伸手讓盧勃醫生牽著，才跳出羊群來，這樣才可以隨便談話了。

山羊的故事、花、岩、鳥等等的故事，她都一一告訴了盧勃醫生。不久大家已經到了每天休息的地方，彼得沿途總是惡狠狠地睨著盧勃醫生，幸虧盧勃醫生並沒注意到。

海蒂把盧勃醫生帶到她自己所喜歡的地方，和他並排坐在陽光曬熱了的草上。山頂的連峰和遠處的谷底，都在秋陽的輝映中。柔和而清爽的微風輕輕吹過，掠過那從夏間直開到現在的桔梗花(注)，一朵朵的纖細的花盞頻頻地點頭。

頭上依舊有幾隻老鷹在空中畫圓圈，但今天卻不似往常那樣高鳴。海蒂一一鑑賞不息。擺動的花朵、碧綠的青空、輝映的陽光、喧鬧的野鳥，似乎宇宙的一切，在她的眼裡，無一不是美麗的，也無一不充滿著喜悅之光。

但她無意中看到盧勃醫生，卻是孤寂地呈現著愁容。當他抬起頭來，看見海蒂的那澄清的眼睛時，忍不住說：

「海蒂，這是多麼美麗的風景啊！可是從法蘭克福帶著憂鬱來這裡的人，怎麼能享受這美麗的風景呢？」

「這裡沒有人會像法蘭克福那裡的人有什麼憂愁啊！」

盧勃醫生微微一笑，又保持著嚴肅的面色說：

・**桔梗花**（Balloon）　又名鈴鐺花、僧帽花，為桔梗科桔梗屬植物，多年生草本，高四十到九十公分。植物體內有乳汁，全株光滑無毛。花冠鐘形，藍紫色或藍白色，生長在中國、朝鮮半島、日本和西伯利亞東部。根可入藥，亦可腌製成鹹菜，是著名的朝鮮泡菜食材。

「可是有人如果不能將他的憂愁放在法蘭克福，已經帶到這裡來了，誰有辦法幫他呢？」

「當然有辦法，奶奶要我背誦過這句話：『我們要將一切的憂慮卸給神，因為祂顧念我們。』(注)」海蒂說。

「你說的沒錯，可是如果這憂愁是由神造成的，那我們還能對神說什麼呢？」

海蒂想了一會兒，這實在是超出她所能理解的範圍。但她想起想起了自己的經驗，又繼續著說：

「那麼，你要耐心等候。奶奶說：『但那等候神的必從新得力。他們必如鷹展翅上騰；他們奔跑卻不困倦，行走卻不疲乏。』(注)」

「唉！多麼單純的信心。我真羡慕你啊！」

盧勃醫生說完後又緘默不言，過了一會兒，才又望著山野和太陽下的峽谷說：

「你能想像得出有一種人，即使在看著這樣美麗的風景，也好像完全看不見一樣嗎？」

海蒂喜悅的心，立刻感到了像被槍彈打穿了的刺痛。從「完全看不見」的這句話，她想到了彼得的婆婆，她的眼睛才是真的「完全看不見」。即使把婆婆帶到這裡來，也看不到這美麗的風景和陽光了，這就是海蒂的最大傷心處。

「我懂。看不見的人很可憐，就像婆婆那樣。不過婆婆有一本她最喜歡的書；她說只要唱一唱裡面的歌，她就可以看到光明，感到幸福了。」

「是什麼歌？」

海蒂興奮地說：「我會唱，婆婆最愛唱的，她也很喜歡聽我唱。」

盧勃醫生於是就請海蒂唱給他聽一聽；海蒂答應了，唱起婆婆教過她的教她讀過的〈耶和華是我的牧者〉來：

「耶和華是我的牧者，我必不致缺乏。
他使我躺臥在青草地上，領我在可安歇的水邊。
他使我的靈魂甦醒，為自己的名引導我走義路。
我雖然行過死蔭的幽谷，也不怕遭害，
因為你與我同在；

・**憂慮卸給神**（Cast all your anxieties on him.）　這是《聖經・彼得前書》第五章第七節的經文，已經成了西方人常用的祈禱文。

・**但那等候神的必從新得力**（but they who wait for the LORD shall renew their strength,）　這是《聖經・以賽亞書》第四十章第三十一節的經文，也是西方人常用的祈禱文。

你的杖，你的竿，都安慰我。
在我敵人面前，你為我擺設筵席；
你用油膏了我的頭，使我的福杯滿溢。
我一生一世必有恩惠慈愛隨著我；
我且要住在耶和華的殿中，直到永遠。」

起初盧勃醫生只是低著頭不做聲，讓人疑心他已經睡著了；其實，他心裡正想起來從前的故事。

當他還是小孩子的時候，常常站在媽媽的椅旁，媽媽也曾一隻手放在他的肩膀上，唱著海蒂現在唱的這讚美歌給他聽。

盧勃醫生聽到海蒂這樣唱，好像聽到媽媽當年的聲音，忍不住掉下淚來。感動地牽著海蒂的手說：

「真是一首美麗的歌啊！下次我可以到這裡來聽你唱嗎？」

這時候彼得可真氣極了。海蒂已經有好幾天沒陪他一起上山來了，今天好不容易她才肯來，卻又只顧和盧勃醫生談話，根本也不理彼得。

彼得走到盧勃醫生的背後，握起拳頭，做出準備就要捶下去的手勢。海蒂依然沒有想離開盧勃醫生的樣子，所以彼得的拳頭也越舉得近了。

不久太陽已經昇到頭上，彼得知道這是吃午飯的時刻了，就竭盡力氣大聲著叫：

「吃飯了！」

海蒂站起來，走過去取乾糧袋。盧勃醫生說他肚子還不餓，只要喝一杯羊奶，並且還要登高一點去看看。

海蒂也覺得還不餓，也就只喝了些羊奶，接著要帶盧勃醫生到上面的岩石那裡去。所以她先跑到彼得那裡，請他去擠兩杯羊奶來：

「那麼，帶來的東西給誰吃呢？」

「你一個人吃好了。先趕快把羊奶拿來吧！」

彼得這次跑得可真快，因為他想到乾糧袋裡的東西，都可以由他自己一人獨享，心裡樂不可支。等盧勃醫生和海蒂坐下來喝羊奶的時候，彼得已經把乾糧袋子解開；他一眼看見了那一塊塊的牛肉，竟高興得手都顫抖起來了。

這時他又想起了自己不應該在盧勃醫生的背後，做出那樣放肆的舉動，以致於連吃起東西都覺得有點嚥不下去，所以他才又跑到原來的地方，伸展兩手，表示以後不會再那麼放肆，然後才跑回來大嚼這頓上好的美食。

盧勃醫生和海蒂上山去逛了一會兒下來，就準備下山去了。海蒂怕他一個人走山路，會找不到爺爺的家，就先跟彼得告別回家了。海蒂和他手牽著手，沿途還告訴他很多山上不同的動物與植物，這些爺爺都教過她。

到了爺爺家，海蒂又跟盧勃醫生聊了很久。到了黃昏，盧勃醫生要回山下的旅館，臨走前還不斷回頭，看到不管隔多遠，只要還看得到海蒂，就能看她還在揮手。盧勃醫生不禁又掉下淚來，因為他想起了從前自己出門時，女兒揮手送他的情景，就跟現在一模一樣。

秋日長晴，盧勃醫生每天到小屋來後，就跟著海蒂一起登山。艾爾姆大叔也帶他到山頂上逛了幾次。有時兩人談談天，或是聽聽海蒂唱歌。彼得也坐在遠一點的地方，不像從前那麼生氣了。

幸福的日子一天天過去，到了九月末的一天早上，盧勃醫生走上山來時，面色就沒有像前些時那麼愉快，他說這是他假期的最後一天了，因為今天他就要回法蘭克福。

自從到這山村裡來，他也漸漸住慣了，覺得越來越快樂的時候，卻又不能不回去，這使得盧勃醫生很傷心，艾爾姆大叔和海蒂當然也不忍分離，尤其是海蒂，更是嚇了一跳，只是望著盧勃醫生的臉。

盧勃醫生說要請海蒂送他到山下去，兩人就牽著手走向村裡去了。可是走了不遠的路之後，盧勃醫生忽然停了步，一隻手摸摸海蒂的頭髮說：

「你回去吧！海蒂。我原本是希望把你帶到法蘭克福去的，但是……」

一剎那間，以前法蘭克福的情景，全都浮現在海蒂的眼前。那無數的房子、狹窄的道路，羅美爾小姐和緹妮的面孔……讓海蒂躊躇膽怯著答說：

「我希望醫生能再來這裡。」

「是的，我也覺得那樣比較好。所以，我們就在此分手吧！」

海蒂一隻手還放在盧勃醫生的手心裡，只是呆呆地望著他。盧勃醫生被她看得更加傷心了起來，趕快放開手，向山下走去了。

海蒂呆呆地站在那裡，一下子心裡一酸，大聲的喚著，跟著盧勃醫生的背後跑去。

「醫生伯伯，你等等我。」

盧勃醫生回轉身，看著海蒂。海蒂滿臉淚痕，嗚嗚咽咽地說：

「我跟您到法蘭克福去吧！我永遠住在那裡，再也不回來了。」

盧勃醫生也忍不住掉下淚來，但他勸慰著海蒂說：

「不行，現在不行。你還要暫時住在那樅樹下，要不然又會生病的。不過如果我生病的時候，你肯到我住的地方嗎？我只有一個人，很想知道有誰會來照顧我？」

「我會去的，我會去的。只要你的信一到，我馬上就去。你跟爺爺一樣，都是我最喜歡的人。」

於是盧勃醫生重複說了一聲再會之後，又一路走下去，海蒂站在那裡一直揮手，直到盧勃醫生的影子成了一個小點子時，才轉頭回家去。

當白雪越積越厚，堆得和窗子一樣高的時候，門戶早已不能開了。倘若艾爾姆大叔照著前幾年那樣，仍舊住在山上過冬，那他就要像彼得那樣吧！

彼得每年冬天，都是從窗口出入的。假如積雪沒有結凍的時候，一陷便陷到肩膀上，不用兩手兩腳、連頭帶頸的掙抓，根本不能爬出來。

碧姬媽媽遞了一把大掃把，彼得一步一步地掃開一條路，一直通到門口。還要把積雪鋤開，要不然一打開門，立刻會有雪塊滾進家裡；倘若已經凍成了冰，門外又會豎起一方冰屏，別人便不能出入了。因為從窗口出入的，只有彼得一個人。

倘若是積雪在夜間結凍了，那就是彼得最高興的時候了。他從窗口跳到滑溜溜的地上，坐上媽媽遞出來的雪橇，高高興興地沿著那條路，一直滑到德福里村來。

艾爾姆大叔果然是言出必行的人，他答應過村民，今年的冬天就搬到德福里村來住。剛剛瑞雪初降的時候，他就將山上的小屋收拾起來，帶著海蒂和山羊下山來了。

在村裡教堂的旁邊，有一座半塌的獨立房子。本來是一位高級軍官的產業，現在卻空著，特別廉價地出租給別人。艾爾姆大叔的那一位死去的兒子，從前也曾租用過。但自後他去世後，空了下來就無人過問，透風漏雨，夜裡連蠟燭也難以點著。

假如有人冬天真住在這屋裡，會比住在山頂更容易被凍死。不過艾爾姆大叔很懂得修整房子的方法，當他決心要在德福里村過冬之後，從秋天就把那舊房子租下來，好好修理了一下，等到十月中旬，他早已和海蒂都搬進去了。

屋後是一片空地；在半塌的壁上，開著一個四圍纏滿常春藤（注）的窗子。朝外面的一間大廳，卻荒廢得門扇都沒有一塊，其他如屋頂牆壁等等，也沒有一樣完整的。艾爾姆大叔把這廳房用木板隔起來，鋪上一些乾草，就當作山羊住的。再從那裡走過一條很長的走廊，房子更是破得可以從兩邊的牆隙望到天空。但在走廊盡頭的一間有堅硬木門的房間，完完整整的一點也沒有損壞。

角落裡放著一個高到天花板的暖爐，白色的壁上，有一大幅壁畫。是一幅四周還有一些配著樹木和帶著獵犬的獵人的風景畫。

因為要使房裡的人，一坐下就看見那些畫，所以椅子就放在暖爐前。當海蒂和爺爺一起走進來時，她也趕快跑過去看畫。然後再看見她自己的乾草鋪和被褥等都放在暖爐旁時，海蒂高興得叫起來了：

「爺爺，這是我的房間嗎？多漂亮啊！但是這樣不就沒有爺爺睡的地方嗎？」

·**常春藤**（**Common ivy**）　又名長春藤、土鼓藤、木蔦、百角蜈蚣。屬於常綠性蔓性或爬藤類多年生之植物，生長的高度可由三十公分至五公尺。具木質化莖，莖節上有氣生根，可自行攀爬在藤架或花架上，或經誘引整枝作為籬笆、牆面的綴飾。

「你不睡在暖爐邊，就會凍死。不過你別擔心，你來看看我的房間。」

海蒂跟著爺爺穿過了寬大的房間，從另一道門走出去，這就是爺爺的房間了。海蒂看了一看，不覺愣住了。那簡直就像一間廚房，不過比廚房大一點就是了。牆上一個個的窟窿，就是修理也不是可以輕易修得好的。

爺爺在那扇大門上，釘了無數的釘子和板子，這是絕對必要的。因為那邊長滿了一片的蘆草，草叢裡不知還有多少的甲蟲和蛇蝎。

海蒂真的很喜歡這棟「新」房子。住了一天，她就已經到處都熟了。只等彼得來時，就可以帶他到處參觀。

海蒂甜蜜地睡在暖爐邊自己的床上，不過每天早上睡醒的時候，總還以為是在山上，很想跳起來就去看那樅樹。等到望望四周，明白這已經不是山上的小屋時，她又感到了一種莫名的悲傷。

不過這時候她又聽見了爺爺在照料山羊的聲音，山羊也像在催促海蒂快點來那樣，高聲啼了一二聲。這就提醒了海蒂，知道還是在自己的家裡，所以又高興起來了，跑到山羊住的地方了。

在這裡過了四天後的早晨，海蒂一看見爺爺，就開口說：

「今天我要到婆婆那裡去了。好幾天沒去，太對不起她了。」

但是爺爺卻不贊成：

「這兩天可不行。山上還在下大雪呢！那麼強健的彼得都不能來，像你這麼小的孩子，會被雪埋起來。等山路結冰穩固了之後再說吧！那時我們就可以在凍硬了的雪上行走。」

海蒂雖然不願意延期，但每天總是忙得幾乎乎不知道日子怎麼過的。現在她每天上午和下午都要到學校，功課學得又快又好。

她在學校裡從來沒有遇見過彼得，因為彼得總是不上學的。溫柔的老師有時也留意到了：

「彼得今天又沒有來，一定是山上下雪，積雪太厚，不能下來吧！」

但是雪雖然下個不停，在學校放學後，彼得總能找出道路來，在黃昏時他常會跑來看海蒂。

過了一些時候，天氣放晴，太陽光照遍了大地。到了晚上，在那一望無涯的銀色世界，頭上也有一輪明月高照。第二天的早上，爬起來一看，整座山就像是一座大水晶，閃映輝煌。

彼得照例從窗上跳了出來，腳一踏地，就覺得硬板板地，一不留心竟像雪橇一樣，就在山背上往下滑。彼得嚇了一跳，好不容易才站住了，剛想挖開一個地方來站穩兩足，誰知冰凍了的地面，怎麼也挖不出一個可以停足的地方。整座山就像鐵一樣的，這正是彼得天天所期待的，因為這樣海蒂便可以上山來了。

他慌忙地跑進屋裡，喝了一碗羊奶，抓起一塊麵包往口袋一塞，嘴中還說：

「我到學校去了。」

「對了。你好好讀書去吧！」婆婆激勵著他說。

彼得曳著雪橇，從窗口鑽出去，腳不停步就直向山下滑下去了。

彼得風馳電掣地一溜煙，早已滑到了德福里村。他覺得如果突然停住時，不但雪橇會弄壞，而且連身體也恐怕會跌傷，所以就決意再滑下去，一直滑到下邊的平地，雪橇也自然而然停止了。

彼得以為現在就是趕到學校，人家也早已上課了；而且從這裡走到德福里村，也要點時間。所以他就一步一步地踱回村裡來，這時海蒂已經從學校回家，正和爺爺在一起吃飯。彼得走進去，照平時凡是有什麼特別的話要說時那樣子，站在房當中開口說：

「好了！好了！」

「什麼事好了好了的？你的語氣就像要跟人家打架一樣的。」艾爾姆大叔爺問。

「山上都凍成冰啦！」

「哦！那我可以去……」

海蒂很高興地還沒說完，艾爾姆大叔就先開口：

「彼得，你為什麼沒去學校？你現在不是可以乘著雪橇下來了嗎？」

「喔！雪橇滑過了頭，走太遠了，所以遲到，沒進去。」

艾爾姆大叔一聽這理由，就說：

「這就是逃學，你這樣子要被老師擰耳朵的，你曉得嗎？」

彼得嚇了一跳，以為真的要被擰耳朵，連忙把帽沿拉下，因為他最怕艾爾姆大叔。

「像你這麼大的孩子，就想藉故偷懶，可以嗎？你想想看，若是山羊不聽話，隨便亂跑，你這個當將軍的，該怎麼樣呢？」

「那我就打牠。」彼得神氣十足地說。

「那麼假如有小孩子也學那不聽話的山羊那樣，亂跑不聽指揮，你說該怎麼辦呢？」

「教訓他。」

「好的，那麼大將軍，你記住啊！下次上學的時候，雪橇倘若滑過了學校，看我怎麼教訓你。」

彼得這才明白艾爾姆大叔的意思，是把自己當做不聽話的小孩子；同時想到自己責罰山羊時的刑罰，立刻有點害怕的樣子。可是艾爾姆大叔突然又似乎很高興地說：

「你先坐下來吃點東西，再把海蒂帶去。等晚上帶她回來時，我們可以一起吃頓晚飯吧！」

彼得聽到這意外的話，歡天喜地，趕快坐在海蒂的旁邊。海蒂因為馬上就可以會見婆婆，高興得連什麼都不想吃，把馬鈴薯和燒乾酪等等都推到彼得面前。爺爺也特別地親切，把菜蔬只顧著往盤上堆，這真的要把彼得的肚子脹壞了。

但是彼得也毫不放鬆，狼吞虎嚥，吃得杯盤狼藉。海蒂先跑到櫥子邊，取出克拉拉送給她的大衣，再把帽子戴上，算是裝束妥當了。她等彼得吃完最後的一口時才說：

「我們走吧！」

在途中，海蒂又把那兩隻山羊到了這新居之後，如何垂頭喪氣，連三餐也不大想吃，只是悶悶不出聲；等自己跑去詢問爺爺，那是什麼道理，爺爺才說那就像海蒂到了法蘭克福一樣，因為生活變了樣。海蒂把這些都告訴了彼得。然後她又加上一句：

「真的啊！彼得。要不是自己經歷過，很難明白的啊！」

彼得只是默默地趕路，心裡想著其他的事，海蒂的話根本不曾入耳。一直等到了家門的時候，才突然止步，有點傷心地說：

「我寧願上學，也不願被爺爺擰耳朵。」

海蒂當然也勸勉他就這麼做。家裡只有碧姬一個人在縫衣裳，婆婆則因為天氣冷，有點不舒服，捲著一條灰色的披肩，縮在一張墊得薄薄的床上休息。

婆婆一看見海蒂，高興得不得了。自從聽彼得說，有一位別處的先生到海蒂家裡來了之後，婆婆雖然知道了那人最後還是自己回去了，但心裡總還是擔心，恐怕法蘭克福那邊又會有人來接走海蒂。

「婆婆，你很難過嗎？」海蒂走近床邊問。

「不，是因為天氣太冷了，有點不舒服。」婆婆說時摸摸海蒂的頭髮。

「那麼，只要天氣暖和些，婆婆就會好了。」

「當然的，恐怕還要好得更快，快點好起來才能紡紗，今天聽到你的聲音，已經覺得舒服多了，我想明天一定會全好的。」

婆婆為要使海蒂放心，所以這樣安慰她幾句，海蒂果然高興起來了。無意中她看到看婆婆的樣子，又說：

「可是在法蘭克福那邊，人家是出門時才披著披肩。婆婆以為是睡覺時蓋的嗎？」

「不，因為太冷了，所以我才蓋起來的。婆婆蓋的被子太薄，幸虧還有這一條披肩。」

「婆婆的床，床頭怎麼反而低下去了，頭應該墊高點才對。」

「我也知道那樣不好的。但這枕頭用太久了，被壓扁成一片了。」婆婆伸出了一隻手，摸到低下去的床頭說。

「等我拜託克拉拉，請她把我在法蘭克福用的鐵床搬來吧！」

談談說說之間，婆婆說想聽讚美歌，因此，海蒂便到隔壁房裡，拿了那本《祈禱書》，找自己喜歡的念了幾首。婆婆的臉上忽然呈現著微笑，那種憂愁頹喪的樣子，已經不知飛向哪裡去了。

「婆婆，你好了嗎？」

「哦！聽你朗讀，我就漸漸好了。再讀幾篇給我聽吧！」

海蒂依婆婆希望的再讀下去。過了一會兒，是海蒂應該回去的時候了。

「太陽快要下山了，我要回去。真高興婆婆也好起來了。」

海蒂催促著彼得趕快收拾起身，等他們走出門口時，一輪明月已經高照在雪原之上了。彼得拖出一輛雪橇，讓海蒂坐在背後，等他自己一跨上了前半端時，就像兩隻鳥在空中飛過一樣地向山下滑去了。

當天夜裡，海蒂躺在堆著乾草的床上，想起了婆婆的那低扁的枕頭，和那時候自己所說的話。她以為倘若每天能夠唱讚美歌給婆婆聽，那麼婆婆也一定會好得更快的。

但是她一想到下次還要再等一個禮拜才能到山上去，又傷心起來了。不過這時候海蒂突然又想起了一條計策，高興得馬上從床上跳了起來，又想起自己臨睡時還沒有禱告，她雙膝跪下，對神禱告，懇求神保佑自己和爺爺、婆婆等人。
第二天可真稀奇，彼得竟準時到了學校。家離得遠的學生一到了正午，都守著規則就近食桌，吊著兩腳，在膝上解開乾糧來。德福里村的小孩子，則各自回家吃飯去了。從飯後到一點鐘，是遊戲的時間；一點鐘以後，又是照樣上課。彼得等到放學後，便跑到艾爾姆大叔的家裡去找海蒂玩耍。
那天當彼得剛跨進艾爾姆大叔家的大廳時，發現海蒂已經在等他了，她抓住彼得就說：
「我有一句話要跟你說。」
「什麼事？」
「你要快點學會念書啦！」
「我學不會的。」
海蒂根本不為所動，斬釘斷鐵地說：
「你一定學得會。法蘭克福的奶奶也這麼樣說過，說自己學不會是假的，叫我不要聽你的話。」
彼得嚇了一跳，呆呆站著。海蒂接著又說：
「這樣吧！我來教你好了。你現在就跟我學。你看，最後我不是也可以讀讚美詩給婆婆聽了嗎？」

「讀讚美詩？不好玩。」彼得喃喃地說。

海蒂因為彼得的固執，以及對婆婆的漠不關心，不覺生起氣來，睜大了眼睛，瞪著彼得嚴肅地說：

「好，你不聽我的話是嗎？過一段時間你就知道了。你媽媽說要送你到法蘭克福，在那邊，凡是男孩子都要上學的。我與克拉拉坐著馬車經過時，就看見過那間學校。連大人也要去，裡面都是男生。那裡的老師，可沒有我這樣好說話。學生都像去教堂那樣，每天要穿上黑衣服，戴著黑帽子；要說那帽子有多高呀！」

海蒂一面說，一面舉起一隻手來表示那帽子的高度。彼得立刻像背上澆了冷水一般全身發抖。

「你每天要跟那些人在一起上學啊！輪到了你，倘若你讀不出來，或是讀錯了，那就要被大家嘲笑。那可比被緹妮嘲笑還糟糕，你應該讓緹妮嘲笑幾次，你就知道厲害了。」

「好吧！我讀讀看。」

彼得半傷心又半生氣地回應。海蒂這才馬上回復了溫柔的態度。

「好的，那麼我們馬上就開始。」

她一說完，就拉著彼得到桌上去了。

從克拉拉送她的書籍之中，海蒂昨夜就想到，有一本剛好可以用來教彼得的。那是一本把字母編成兒歌的繪本。他們對著那本書，伏在桌上一個教，一個讀起來了。

讀了一會兒之後，海蒂像個小老師那樣吩咐他，明天要背誦出來。彼得果然每天傍晚就到海蒂家裡來念書，爺爺很高興地啣著煙斗，在旁邊看他們用功。

這樣過了一個冬天，彼得也可以認識每個字母了。

冰塊一經溶化，積雪又變成鬆軟了。然而雪還是接連地下，海蒂已經有三個禮拜沒到婆婆家去了。因此，她更加熱心地教導彼得，希望他能替代自己，在家中為婆婆讀讚美詩。

有一天的夜裡，彼得剛從海蒂那兒回到家裡的時候，他突然說：

「我會了。」

「什麼事會了？彼得。」媽媽問。

「我會認字了。」

「真的嗎？婆婆，你聽見他說了嗎？」

婆婆聽倒是聽見了的，不過她不明白，彼得為什麼忽然會認字了。

「我讀一首讚美詩給你們聽吧！那是海蒂剛剛教過我的。」

碧姬已經把房裡的《祈禱書》拿出來；婆婆因為很久沒有聽見了，所以更加高興。彼得把書本放在桌上，立刻讀起來了。

碧姬在旁邊張著口傾聽；在每讀完一節時，她都感慨地說：

「啊！太奇怪了！」

婆婆熱心地跟著彼得讀出的一字一字，記在心裡，可是口裡卻不說其他的話。

第二天在學校裡，輪到該彼得朗讀的時候，老師就說：

「讓彼得讀？還是跳過去換別人吧！你的讀法，根本不是讀書，簡直就是在字母裡打地鼠，好了，你讀不讀？」

但彼得今天一反常態，站起來捧起書本，毫不停頓地讀了三行。老師覺得十分奇怪，只望著彼得說：

「彼得，這可真奇怪了。從前我不知道費了多少心思來教你，可是你連發音都不會。怎麼今天會讀得這麼好，一個字都沒錯呢？」

「這全靠海蒂教我的。」

老師嚇了一跳，望望海蒂，可是她的樣子，一點也沒有出奇的地方，還是天真爛漫地坐在自己的坐位上。老師繼著說：

「彼得，你完全變了一個人了。從前你總是一缺席就是一個星期，甚至兩個星期；

可是現在你卻天天都到，到底是誰把你教得這麼好的？」

「是艾爾姆大叔。」

老師越聽越奇怪，只望望海蒂，又望望彼得。

「那麼再讀一次吧！」

老師另指了三行給他讀，彼得還是讀得流利。而且一字也不差。

等放學之後，老師還特地跑到牧師那裡，告訴他彼得在艾爾姆大叔和海蒂的幫助下，竟然功課進步神速。

彼得每夜都給婆婆讀讚美詩，可是每次只讀一首，從不多讀，婆婆也不會要他多讀。

碧姬看見了自己的兒子突然會讀書。自然很高興；等彼得睡了，她還是忍不住心中的高興，竟歡天喜地說出口來了。

「讀得真好！只要他肯用功，將來一定有希望的。」

這時候婆婆便答道：

「是的，只要他多認識些字就好了。不過我還是希望神可以讓春天快點來，讓海蒂可以到家裡來。彼得讀的詩歌，和海蒂讀的還是不一樣。他看不懂的字就跳過去，所以字句漏掉了很多。我總覺得他沒有海蒂讀得那麼動人。」

婆婆說的沒錯，彼得總是偷懶。他把字句太長的，或是難讀的字都跳過去不讀。所以彼得所讀的讚美詩，總是脫漏了很多緊要的字句，讓婆婆覺得有點遺憾。

9

有朋自遠方來

因為星星住在天上，他們和神比較接近，
也更知道神的心意。
所以星星要對著我們眨眼睛，告訴我們要耐心等候神的安排。

冬去春來，到了五月，山上已漲滿的溪流又奔向山谷。晴暖的日光，照遍綠色的山野，讓最後的積雪也全部溶化，綠草中長出了很多美麗的野花。頭上是鮮柔的春風，吹動了樅樹。在更高的空中，老鷹在白雲下飛翔。

海蒂已回到了山上，在那裡亂跑，到處找尋最有趣的地方。小屋周圍，朝向太陽的地面，長出短短的綠草，草叢中開著小花，或正在含蕾。很多小小的甲蟲，或其他有翅的昆蟲，都在那陽光之下飛翔跳躍。

海蒂深深地呼吸這新春的香氣，覺得山野比從前更加美麗。這些小動物也一定像自己一樣地快樂吧！因為牠們也正振動羽翅，發出低微的聲音，跟著海蒂唱起歌兒來了。

從屋後的房間裡，吹來了鋸斧的聲音。海蒂恍惚地傾聽著這耳熟的聲音，突然跳起來跑過去了。因為他知道爺爺正在做什麼事啦！在房門口處，爺爺正忙著做出第二把的椅子。

「我曉得了。是預備法蘭克福那裡有人來時用的吧！這把是給奶奶的。那一把是克拉拉的，那是不是還要多一張？」

海蒂說到這裡，頓了一頓，馬上又接著說：

「爺爺，羅美爾小姐不是也要來嗎？」

「哦！這些事情我也不能斷定。不過還是多做一把比較妥當些。」

海蒂只顧望著那沒有扶手的素樸椅子，心裡也在想：

「可以嗎？能讓羅美爾小姐坐這樣的椅子嗎？」

海蒂不但搖著手，連頭上的短髮也跟著在搖說：

「爺爺，我想她不肯坐這樣的椅子。」

「那就請她坐我們的青草沙發（注）。」爺爺的回答，像是滿不在乎的。

這時候，一聲的口哨從高處吹了下來。海蒂剛往那方跑去時，立刻就被那些四隻腳的朋友圍住了。

山羊們似乎看見了海蒂回到山上來，不勝歡欣地到處亂跳。海蒂一推開這邊，那邊又跑上來；一推開那邊，這邊又圍上來。彼得用兩手把牠們分開，走近海蒂，遞了一封信給她。

「喂！這個。」彼得只這麼說了一聲，再也不開口了。

「這是誰給你的？」海蒂吃驚地問。

「不知道。」

・**沙發**（Sofa）　一種源於西方的傢具，就是裝有軟墊的單座或多座位椅子。但這裡說的「青草沙發」則是戲謔用語，是只用青草鋪排在地上的墊褥。

「那麼你從什麼地方拿來的？」
「它放在乾糧袋裡的。」
這句話也可以說是沒錯。因為海蒂的這封信，是前天夜裡德福里村的郵差交給彼得，所以他隨便一塞，就塞在乾糧袋裡。到了第二天早上，又塞了一些麵包和乾酪，等到到山上來帶艾爾姆大叔家裡的山羊時，他已經忘記了。直等到午飯的時候，把麵包和乾酪都吃完，還想找找有沒有麵包屑時，才發現了這封信。
海蒂看一看封面的地址，即跑回套房，歡天喜地遞給爺爺說：
「是從法蘭克福來的。爺爺，是克拉拉寫給我的。我讀讀你聽吧！」
爺爺在等海蒂讀信，跟著跑進來的彼得，也靠在門口的柱子上等著。
「最親愛的海蒂：
我們的旅裝已經收拾妥當，現在只要再過兩三天，爸爸的事情一辦妥，就可以動身了。爸爸還不能跟我們在一起來，他要先到巴黎。
盧勃醫生每天一到家裡來，總是這樣說：『趕快點走吧！到山上去。那是能讓靈魂與肉體都更健康的地方。』他真是熱心，這次還要和我們一起來，所以我更是高興得不可形容。
去年冬天，他每天到家裡來，一進我房裡，總是說是要再講一遍給我聽。然後一坐下來，便把你和爺爺的事，他自己與你在一起過日子時的故事，山野和草花是如何美麗，他又如何遠離開世上的塵俗，空氣如何新鮮，巨細靡遺地全告訴了我。

他還說不管是誰，只要到了那山上，就不能不強健。我看盧勃醫生從山上回來以後，似乎也完全變了一個人，顯得特別年輕，特別快樂。我多麼想到山上，和你一起玩耍，並和彼得還有山羊牠們做朋友啊！

我到了瑞士之後，最初的六個禮拜，要在溫泉區靜養，這是盧勃醫生的命令。然後才能到德福里去，到了那裡，我每天就可以坐轎椅到山上，和你在一起遊玩了。

奶奶也會去，她多麼高興能看見你呀！可是有件事卻很奇怪，羅美爾小姐拒絕了和我們一起來旅行。奶奶差不多天天總對她說的：

『羅美爾小姐，去瑞士旅行很好玩的。最好你也能和我們一起去。』

羅美爾小姐每次也都是很高興地答應了，但現在為什麼她又反悔不去呢？這件事我知道得很清楚。大概就是因為賽斯丁把山上的事說得太怕人了。

賽斯丁說山路很曲折，也很危險；只要踏錯一步，就要跌下山溝裡；要是在險峻的山坡滑一跤，馬上就滾到山澗裡。那樣的地方，除非是山羊才能爬得上去。

羅美爾小姐聽了這些話，竟然不寒而慄，以後也不想到瑞士了。緹妮也因為害怕，說是不想去。

所以，最後的結果就只有我和奶奶兩個人來。賽斯丁送我們到了溫泉區，還要折回家裡去的。

我真想快點看見你。再會吧！我最親愛的海蒂。奶奶囑我代筆問你好。

你最要好的朋友　克拉拉」

等海蒂把信讀完後，原本靠在柱子邊站著的彼得，便狂暴地揮著鞭子跑開了。山羊也嚇得連忙往前跑。

彼得拚命趕那些動物，就像對著不在眼前的敵人出氣一樣，只顧揮動手中的鞭子。想起了法蘭克福的人們就要來了，彷彿這些羊就是他的敵人。

海蒂歡天喜地，恨不得立刻就去告知婆婆。因此，第二天的下午，竟獨自跑到婆婆家去了。從乾燥了的地面上跑下去，五月的薰風跟在背後，那種快樂讓海蒂跑得更快了。

婆婆已經離了病床，坐在紡車前面了；不過她的臉上，卻像是有什麼心事。昨夜彼得回家時，說是法蘭克福又有很多人要到這裡來，所以婆婆又以為他們要把海蒂帶走了，竟然一夜也沒有闔眼。

海蒂一跑進來，便搬了一張矮凳，坐在婆婆身旁，興奮地把信裡的話都說了出來。可是，海蒂突然又停了嘴，問婆婆說：

「婆婆，怎麼了？我講的話你不感興趣嗎？」

「不，你說得很好。」婆婆勉強裝出高興的樣子回答。

「不過我看你好像有什麼不放心的。你一定以為羅美爾小姐也要來吧？」

「不，不是的。你讓我握握你的手吧！我要確確實實地知道你還在這裡。」

婆婆以為海蒂去年回來是因為生病，現在既然已經這麼強壯，法蘭克福的人就更有理由帶她走了；所以忍不住心痛了起來。

然而海蒂又是最會體貼人的，如果讓她知道了自己的心事，害得她不願意去法蘭克福，那又未免誤了她的前途。因此，婆婆就改口說：

「海蒂，你還是唱唱讚美歌給我聽吧！請你讀〈我心切慕〉(注)那一首。」

海蒂去房裡找來了書，照婆婆的吩咐，用清脆的聲音朗讀：

「神啊，我的心切慕你，如鹿切慕溪水。

我的心渴想神，就是永生神；我幾時得朝見神呢？

我晝夜以眼淚當飲食；人不住地對我說：

・**我心切慕**（**As a hart longs for flowing streams.**） 這是《聖經・詩篇》第四十一篇的經文，已經成了西方人常用的祈禱文。

『你的神在哪裡呢？』
我的心哪，你為何憂悶？為何在我裡面煩躁？
應當仰望神，因祂笑臉幫助我；我還要稱讚祂。」

婆婆一聽海蒂朗讀，果然把一切的心事都忘掉，臉上又露著喜色了。

過了一會兒，海蒂告別婆婆，回山上去了。頭上的星辰一顆一顆地出現，心裡覺得加倍的快樂，海蒂竟不能不時時停步仰望。等天上的星星佈滿了青空時，海蒂更大聲地唱起歌來了。

當她在星光的引導之下回到家時，爺爺也正站在門口，仰望著星空。那夜的星星，真是從來不曾見過的美麗。

五月裡山上的夜空，原是那麼晴朗而明快；不過白天的美也不相上下。每天清早，太陽恰像前晚西墜時，一樣明亮地升上了晴朗的天空。

爺爺一大清早在屋外望了一會，高聲地說：

「今年的天氣，真是稀有的！草木真長得很茂盛。彼得，你要留心，不要脹壞了山羊啊！」

彼得像是表示「明白了」那樣，拿起鞭子，一直在空中飛揚。

五月就這樣過去了。處處的綠葉愈變深，不久就是六月來了。太陽漸覺炙人，白晝也越拖越長，空氣中充滿著明亮的陽光和甘美的香氣。

在六月底的一天，海蒂把家事料理完後，跑到了樅樹底下，又爬上更高的地方，去看那在陽光下盛開的木犀花。

誰知當她正想轉過小屋角的時候，突然大聲喊了起來，爺爺以為有什麼事發生，連忙從屋子裡跳了出來。

「爺爺！爺爺！快點來看！那邊。那邊。」

海蒂像發瘋般在叫喊。這時爺爺已經走到了她身邊，順著她所指示的方向觀望。一隊從未看過的人馬，依著山道走上來。

最前頭的是兩個男子，抬了一頂山轎，轎內躺著一位用披肩包了起來的小女孩。轎後是一隻馬，馬上的那位穿戴得十分漂亮的婦人，驚奇地眺望著周圍的風景，一邊和跟在一旁的嚮導談話。

最後還有一個男子，背著一張輪椅。在山路不十分險峻的地方，那位小女孩便轉乘這椅子。

此外還有一個挑行李的，背著一大堆的衣服、披肩和皮氈子等等的東西。

「來了！來了！」

海蒂高興得一面跳一面嚷。這隊人不用說，就是從法蘭克福來的人們了。

人馬漸漸逼近，終於走到了。最初的那兩個男子把轎子一放下，海蒂便跳過去，兩個小女孩高興得抱了起來。

奶奶也從馬上下來，她來不及和艾爾姆大叔寒喧，就先和海蒂說話。奶奶和艾爾姆大叔兩人，早已在海蒂的口中聽慣了，所以他們也用不著什麼客氣：

「多麼好的地方！我想也想不到是這麼好的地方。就是皇帝也要羨慕的。嗳唷！你看我們的小海蒂，臉色多麼好，就像野玫瑰那樣紅。」

奶奶說話時，又把海蒂喚了過來，摸摸她粉紅色的臉頰說：

「我們先看什麼地方呢？到處都是這麼好。克拉拉，你覺得怎麼樣？」

克拉拉只顧茫然地觀望四周。這麼美麗的風景，不要說是親眼看見，就連想也不曾想像過的。因此，她竟高興得說：

「奶奶，我真想永遠住在這裡。」

這時候爺爺已經把輪椅拿過來，將披肩和毛氈都鋪好，然後走到克拉拉的身邊說：

「小姐，請你到椅上去坐。山轎恐怕太硬了。」

他說話時就把克拉拉抱起來，輕輕地放在椅上。然後又小心地把毛氈蓋好，足下卻又墊了柔軟的墊子。

他的舉動，就像是專門服侍慣了殘障的病人；所以奶奶在旁邊看了就說：

「艾爾姆大叔，如果我知道你是在哪裡學會這樣服侍病人的，我一定馬上把我所認識的護士都送去那裡學習。你為什麼能做得那麼好呢？」

艾爾姆大叔含笑說：

「我也沒有特意學過，不過是歸納經驗而已。」

在說話的同時，他臉上的微笑竟變成悲傷的樣子。因為他在這時候，心裡浮現了一個很痛苦的面貌。那是一位已經殘廢了，手足都不會動彈，躺在藤椅上的一個男子。這人就是艾爾姆大叔年輕時所屬的那一隊的隊長。在西西里(注)戰爭中，艾爾姆大叔一看見他負傷，就立即將他揹回來；此後就由艾爾姆大叔一個人看護，直到那隊長死去。

艾爾姆大叔一想起了當時的情景，就立志要服侍克拉拉，用他的護理經驗，讓克拉拉在這裡生活得更舒服。

・**西西里（Sicilia）**　地中海裡最大的島，位於義大利南部，隔墨西拿海峽與亞平寧半島相望。現在連同周圍幾個較小的島嶼，都被納入義大利自治區。由於西西里島是地中海商業貿易路線中的重要樞紐，因此在歷史上一直是戰略要地，發生過無數的戰爭。

在小屋、樅樹和高岩之上，明朗的青空，沒有半點雲霞。灰色的岩上，映著太陽的金光。不過克拉拉卻不能完全鑑賞這四周的風景。

「啊！海蒂，我要是像你一樣會走路就好了。」

克拉拉看著海蒂，羨慕地說：

「樅樹花草，我都聽你說過了，但是能隨意跑去看看就好了。」

海蒂使盡全力，將克拉拉的椅子推到可以望見樅樹的地方。克拉拉真的從沒有見過這麼樣好看的樹木。

奶奶也跟著兩個小孩子們走過來，看見了那麼美麗的東西，又驚又喜。奶奶真不知要稱讚這株古樹的那一點好。

那直指蒼天的綠色樹梢，以及堅挺聳立的樹幹，披掛著嫩綠鮮翠的枝條，就是長遠歷史的見證。這幾百年來，它就一直站在那裡，默默地俯瞰著峽谷，人們的往來、世事的轉變，它一概漠不關心，永遠保持著靜默的態度。

海蒂又把克拉拉的椅子，推到羊欄前面，把門推開。克拉拉一看已明白那是什麼，不過因為山羊都已經出去，所以也沒什麼好看的。

於是克拉拉就對奶奶說明，自己不願意在山羊還沒有回來前就下山：

「我還想看看彼得和山羊。」

奶奶在她背後，扶著她的肩安慰說：

「孩子，看得到的東西就盡量看；至於看不見的東西，先不要去想它。」

「呀！有花！看看這紅色的花。哦！還有那個青色的花。奶奶，我想下去摘一朵。」

克拉拉這樣喊了起來，海蒂一聽，立刻跑了下去，採些野花做成一個花束，送給了克拉拉。

「不過這些花並不好看，克拉拉。」

海蒂把花束放在她的膝上，又大聲解釋說：

「再上去一點，到那平時彼得放山羊的地方，那裡的花顏色更多。有很多藍色的矢車菊（注），還有像黃金一樣輝映的野玫瑰，都在同一個地方盛開。還有一種爺爺說是『閃電』的花，葉子很大，和圓滾滾有香氣的咖啡色小花，全都在一起，那才真的好看。坐在那個地方，你一定不想走開。真的又好看又香。」

海蒂一形容起那片花海，不禁喜形於色。她多麼想再跑去看一看啊！克拉拉也是這

・**矢車菊（Cornflower）**　菊科矢車菊屬植物，又名藍芙蓉、車輪花。外形細小，每年都盛開許多外形像風車的藍色花朵，是德國與愛沙尼亞的國花，常被視為浪漫之花。

樣想，她熱切地朝著奶奶說：

「奶奶，我可不可以到那地方去看看？假如我會走路，那就可以和海蒂一起，無論到什麼地方都可以了。」

「我一定可以推你到那裡去的。你看，推這椅子又不費力。」

海蒂為了證明她自己的話，竟用力推了一下那輪椅，差一點沒像箭一樣地就在山路上滾下去；幸虧爺爺站在旁邊，剛巧一把拖住了。

兩個孩子在看著樅樹時，艾爾姆大叔也正忙著。他先把飯桌和臨時造成的椅子搬出門外，預備好讓大家在露天吃飯。鮮奶和乾酪都是現成的，大家都高高興興地就席。

奶奶也像盧勃醫生從前那樣，十分喜歡這四周開朗的餐廳。微風一陣陣地吹過，樅樹的葉子沙沙作響，合成了天然的交響樂。

「這樣的快樂午餐，我真的是第一次享受到。」

奶奶這樣說過兩三次後，忽然轉頭好奇地問說：

「不會吧？我有沒有看錯。克拉拉，你吃得下兩塊乾酪嗎？」

沒錯，克拉拉的盤子裡，已經放著另一塊金色的乾酪了。

「太好吃了，奶奶。這比在溫泉區旅館裡吃到的飯菜，更加好吃多了！」

艾爾姆大叔看到了，也高興地說：

「當然，你吃得下就盡量吃好了。山上的空氣，可以補足廚房裡食物的不足。」

奶奶和艾爾姆大叔兩人無所不談，他們對於人類的未來發展、對於社會變化的意見，竟然也完全一致。時間在一頓快樂的聚餐中過去，奶奶望著西方說：

「好了，我們預備回去了吧！克拉拉，太陽下山了，他們快要派轎馬來接我們回去了。」

克拉拉低著頭，像哀訴般說：

「再讓我玩一兩個鐘頭吧！我還沒到屋裡去看看。而且海蒂的房間，我也還沒有去看到。太陽為什麼這麼快下山？」

「那怎麼可以呢？」

奶奶嘴裡雖然這麼說，可是她自己也很想進屋裡去看看，所以大家都站起來，艾爾姆大叔先推著克拉拉的輪椅，向門口走去。

可是門太小，那輪椅又太大，推不進去，因此艾爾姆大叔就伸出那粗壯的雙臂，把克拉拉抱進屋裡。

奶奶在屋裡到處看來看去，什麼地方都是整整齊齊的，心裡覺得很高興。

「上邊就是你的臥房吧！海蒂？」

她這樣問了一聲，一點也不害怕地便爬上梯子，跑進乾草的房裡去看了。

「啊！真香。睡在這樣的地方，當然會強壯。」

爺爺緊抱著克拉拉爬了上去，海蒂也跟著爬上自己的房間，大家都站在海蒂漂亮的床前，細細地觀賞。

其中尤其是奶奶，看得最仔細，不斷地吸吸那香氣，又跑到那圓窗子的地方，去望望外面的風景。克拉拉也高興得說不出話來。

「真的，這地方多麼好啊！海蒂，在你的床上，還可以望見天空。香氣又這麼濃郁，你聽，外邊的樅樹響得多好聽啊！我從沒有看過這麼好的臥房。」

艾爾姆大叔朝著奶奶說：

「我有個想法，但不知您是否信得過我。倘若您能同意，讓令孫女在這裡住下，那我可以包管她一定會跟海蒂一樣強壯起來。湊巧你把披肩和毛氈都帶來了，我就給她做一張柔軟的睡床。這裡一切都由我來負責，您不用擔心就是了。」

克拉拉和海蒂一聽見這話，快樂得就像剛從籠裡放出來的小鳥。奶奶也滿面春風，表示欣慰。

「你這想法就是我心裡在想的，可是我一直不敢提出來。一是不知道小孩子願不願意住在這裡；再來就是未免太麻煩你了。不過你似乎並不覺得麻煩，這是我應該感謝你的。」

婆婆說時，握住艾爾姆大叔的手，高興地搖了幾搖。艾爾姆大叔也心滿意足地緊握著她的手回應她。

艾爾姆大叔馬上就著手準備。他先把克拉拉抱回輪椅上。海蒂也跟著下來，她只顧蹦蹦跳跳，真不知要跳到多高，才可以表示她心中的快樂。艾爾姆大叔一邊在收拾那些披肩和毛氈，一邊含笑說：

「有這麼多東西，就在這裡過冬也絕對夠了。」

「這真是有備無患了。本來是恐怕到山上，說不定會碰著刮風下雨的。誰知預備了這麼多東西，現在卻可以拿來這樣用。」

二人一面談論，又爬上了乾草的房裡，著手鋪設床鋪了。

艾爾姆大叔把那些東西，一樣一樣地鋪堆了起來，竟好像堆成了一座城似的。婆婆還怕乾草堆中有棘刺，用手摸了一會，誰知那柔軟的墊褥，又滑又厚，那裡會有刺呢？

等他們兩位老人再下來一看時，小孩子們已經在商量以後日子，都要怎麼樣去遊覽；其次就是能逗留多少天。奶奶決定就把這事情，讓艾爾姆大叔一人去決定。艾爾姆大叔就說：

「我看至少應該在山上住一個月。」

兩個小孩子們聽說能住一個月，高興得拍起手來了，因為她們從來沒有想到，在這裡可以住這麼久。

過了一會兒，轎夫、馬匹和嚮導都來了；可是轎夫馬上被遣了回去了，奶奶預備騎著馬下山。克拉拉揮著手說：

「奶奶，我們不是分手啊！奶奶有時會來看我們吧？」

「會的，奶奶會常回來的。」

奶奶一面騎上馬，一面回答。艾爾姆大叔替她拉著韁繩，帶著馬兒走向嶮峻的山坡。奶奶雖請他不必遠送，可是因為道路太不好走，所以艾爾姆大叔堅持要送她到德福里村。

當艾爾姆大叔尚未回山時，彼得已趕著山羊下來了。山羊一看見海蒂，就把她包圍了起來，把海蒂和克拉拉都圍在當中，海蒂帶著一隻一隻的山羊，介紹給克拉拉認識。克拉拉能和早就想見面的「雪兒」、「金雀」、「蠻牛」與其他山羊們成了朋友，臉上滿是欣慰。然而彼得卻站在遠遠的地方張望，像是很不喜歡克拉拉的樣子。

「再見，彼得。」

她們兩人和他道別時，彼得完全不做聲，含怒將鞭子向空中一揮，就帶著山羊下山去了。

過了一會兒，太陽下山的時候，克拉拉就看見這山中最美麗的風景了。

克拉拉睡在柔軟的乾草床上，從圓窗口望見那輝閃的群星，不禁興奮得叫了出來：

「海蒂，我覺得我們似乎是坐著高座馬車，在天空自由翱翔。」

「是啊！但你知道那兩顆大星星，為什麼那麼高興，對著我們一直眨眼睛嗎？」

「不知道；為什麼呢？」

「因為星星住在天上，他們和神比較接近，也更知道神的心意。所以星星要對著我們眨眼睛，告訴我們要耐心等候神的安排，祂給我們的不一定是我們現在想要的，但一定是對我們將來更好的。所以我們要聽奶奶的話，不要忘記對神禱告。這樣我們就不用擔心未來，因為我們知道誰掌握我們的未來。」

海蒂說了這話，克拉拉也點點頭，兩個小女孩就手牽手，禱告了一會兒，然後上床。海蒂把頭枕在她圓滾滾的小腕上，馬上入睡了；但是克拉拉卻因睡在床上還能看到星星，興奮得不曾闔眼。

克拉拉從來就不能輕易看到星星，因為她絕不會在夜裡出去。在家裡，羅美爾小姐又吩咐傭人，天一黑就要把窗簾遮起來。她每次闔上眼，就想到這次睜開時，那兩顆大星星一定還在，像海蒂所說的在天上對她眨眼。

兩顆大星一直在那裡輝映，但克拉拉卻不能一直看守著它們。不久之後，她的眼睛自然而然地也合攏起來，但在她的夢裡，那兩顆大星星依然對著她不斷眨眼。

第二天早晨，太陽剛從山的背後昇起，第一道的金光，射落在小屋下的溪谷。艾爾姆大叔照例悠閒地站在那裡，望著薄靄的升騰。這時山谷已漸漸地由暗影中向光明處浮現了。

當輕快的朝雲，在頭上漸漸疏散的時候，燦爛的陽光，已照遍岩石、樹林和丘陵了。

艾爾姆大叔回到小屋，輕輕地爬上了梯子。克拉拉剛醒，稀奇地望著那由圓窗外射進來的陽光，在床邊跳動閃爍。

她最初竟不明白自己看到了什麼，又置身於何地。過了一會兒，才留意到睡在床邊的海蒂，同時聽見艾爾姆大叔在詢問：

「昨天晚上睡得還好嗎？」

「很好，住在這裡真好。」

克拉拉的回答，讓爺爺聽了很放心。爺爺照顧小病人，真是無微不至，使人疑心他以前好像是專門在服侍小病人的護士。

等海蒂睡醒時，克拉拉已經穿好衣裳，爺爺正要抱她下樓去，這使她嚇了一跳。想想自己也應該起來，所以連忙地換過衣服，跑下來一看時，誰知還有另外一件事，又嚇了她一跳。

原來艾爾姆大叔昨晚等小孩子們都上床之後，就連忙在小屋的一邊卸下兩塊木板，把門口擴大好幾吋，預備讓克拉拉的輪椅可以隨便出入。

海蒂還搞不清爺爺為什麼要修改大門的時候，爺爺已經連人帶輪椅，把克拉拉推到門外有太陽的地方去了。然後爺爺又跑去照顧山羊，海蒂也趕快跑到克拉拉旁邊。

新鮮的晨風從臉上掠過，可以聞到一陣陣的樅樹香。克拉拉暢快地吸著這香氣，非常悠閒地坐在輪椅上。能在這麼美的山上，而且是在這樣的清晨，沐浴在新鮮的晨風中，吸著清淡的空氣，這還是她平生的第一次經歷，讓她一時樂不可支。

那溫暖又不過於灼熱的美麗陽光，或是在手上跳動，或是落在足下的草地。克拉拉做夢也沒想到過，山上竟是這麼好的地方。

「海蒂，我真想就這樣永遠住在你們這裡。」

她很高興地說著，同時在輪椅上轉頭觀望，好像是想從四面八方呼吸這難得的清新空氣。

「我說的話沒錯吧！跟爺爺一起在山上的日子，真是世界上最快樂的生活。」海蒂高興地答道。

這時爺爺從羊欄裡跑出來，拿著兩碗潔白的，就像雪一樣的起泡的羊奶，一碗遞給克拉拉，一碗給了海蒂。

「這是『天鵝』的奶，很新鮮，把這羊奶喝下去，小姐您的身體就會強壯了。」

雖然爺爺這麼說，但克拉拉從來沒有吃過山羊奶的，所以有點躊躇。未拿到唇邊之前，先拿到鼻子上聞了聞。

但是她一見海蒂喝得那麼起勁，也就不考慮這麼多了，照樣喝得乾乾淨淨。羊奶的滋味是那麼鮮美，真讓她以為爺爺加了砂糖和肉桂（注）。

「明天我們喝兩碗。」爺爺看到克拉拉學海蒂這樣喝著羊奶，很滿意地說著。

過了一會兒，彼得帶著山羊來了。海蒂立刻又被羊群圍在中心。爺爺說他有話要對彼得說，就把他帶到一邊去了。因為羊兒們吵得太厲害，在那裡說話是聽不清楚的。

「以後你就讓『天鵝』隨便跑跑吧！牠自己曉得那一處的草最適合牠吃的。只要在牠走到太高的地方時，你就跟著牠；就是別的羊跟著上去也沒有關係。我只想擠最好的奶就是了，你想知道那要給誰喝嗎？不過這和你沒有關係。好了，你去吧！不要忘記了我告訴你的話喔！」

彼得向來是絕對聽從艾爾姆大叔的命令，不過他走開的時候，還在抓著腦殼，想不通這個問題。山羊都只顧圍著海蒂擠來擁去。彼得望著海蒂說：

「一起去吧！我怕『天鵝』跑太遠了。」

「我不能去。」

海蒂站在羊群裡，大聲地說：

「克拉拉住在這裡，我不能去。不過爺爺說了，會找一天帶我們到山上。」

海蒂好不容易才從羊群裡走出來，到了克拉拉那裡。彼得氣得握起拳頭，向著坐在輪椅上的病人揮了一揮，趕快一口氣跑得連影子都不見了；因為他恐怕自己的舉動，會被艾爾姆大叔看到。不過等他再走遠一點時，又把艾爾姆大叔的話忘記了。

克拉拉和海蒂雖了想出了許許多多的計畫，卻不知要先做那一件。海蒂曾經和奶奶約定，每天寫信給她，所以就提議先來寫信。

「那麼，我們進屋子裡去寫吧！」

克拉拉嘴裡雖然這麼說，可是因為屋外實在太美麗了，心裡卻不想進屋裡去。海蒂早已看穿了她的心事，自己去預備了。

她從屋內取出一些學校用的書本，還有紙筆墨水等等，又搬來一張她自己的小椅子。海蒂先把書本放在克拉拉的膝上，當作寫字檯，然後自己坐在小椅上，拿板凳當作

· **肉桂（Cinnamomum）** 樟科常綠喬木，又名玉桂、牡桂。原產於中國，樹皮灰褐色，具強烈辛辣芳香味，可提取芳香油或桂油，用作香料。在電冰箱尚未出現之前，歐洲人因食物容易腐敗，難以下嚥，因而大量自東方進口肉桂作食物香料，以致食物中常出現肉桂的味道。

桌子用；兩人就這樣給奶奶寫起信來了。

克拉拉每寫一句，便停下筆來看望四周，因為風景實在太美麗了，讓她連寫信都沒有心思。

無論是微風輕柔地吹過她的臉上，或是吹動了身邊的樅樹。甚至連小小的飛蟲，在身旁嗡嗡地跳舞。遠方曠闊的牧場，靜悄悄沒半點聲音。上面是山峰高聳入雲，下面則有溪谷深澗，時常有一聲牧童的呼聲，回音頃刻響遍了四周。

現在已經是中午的時候了；但是克拉拉和海蒂卻一點也沒有注意到時間的問題。這時爺爺送來了還在冒熱氣的鮮奶，並且說太陽沒有下山時，克拉拉還是在屋外比較好。

午飯後海蒂又把克拉拉推到樅樹下。在那快樂的樹蔭裡，兩人便談起法蘭克福的往事來。雖然沒有什麼特別的事情，可是塞萬家的人，沒有一個不和海蒂要好的，所以聊天總是沒有盡頭。

當二人正談得起勁時，頭上樅樹間的小鳥，也像要加入談話一樣，越啼越響亮。時間不知怎麼樣過去的，馬上又是黃昏了。剛巧彼得已趕著山羊回來，可是卻一見到克拉拉，還是怒容滿面。

「再見，彼得。」海蒂說。

克拉拉看見彼得走過，也親蜜地說了一聲再見。但是彼得根本不理睬她們，怒氣沖沖地只帶著山羊走下山了。

克拉拉看見爺爺帶著「天鵝」去擠奶，突然心裡很想得到一杯香氣橫溢的羊奶來喝，並且熱心地在等待著。她對海蒂說：

「真奇怪啊！海蒂。我長到這麼大，吃什麼都是因為別人逼我非吃什麼不可，所以才勉強吃點東西的。但無論吃什麼，總是帶有魚肝油氣味。所以我在家時，無論什麼都不想吃，也不想喝。但是現在卻等得不耐煩，想要爺爺快點把羊奶拿來。」

「我知道，這種感覺我很清楚的。」

海蒂想起從前在法蘭克福時，克拉拉總是食不下咽的往事了。然而現在卻在露天之下，玩了一天，吸了一天高山的空氣，這是克拉拉從未曾經驗過的，所以當然要想吃想喝了。

過一會兒，爺爺拿了羊奶來時，克拉拉一接過手，就一口氣喝得乾乾淨淨，反而比海蒂更先遞著空碗向爺爺再要了。

爺爺接了她們的空碗到屋裡去；等回頭他拿鮮奶出來的時候，另外還帶了其他的食物。因為爺爺那天下午到牧人家去時，剛巧他家裡做成了新鮮的奶酪，所以爺爺帶了一些回來，現在就拿來塗在麵包上，一起拿出來了。

爺爺站在一旁，看著這兩位小女孩，又吃又喝得那麼起勁，自己也高興起來了。

那天夜裡，克拉拉上床後還想看看星星，但是眼簾卻馬上就闔起來了，跟著海蒂一樣，馬上就睡著了；這樣一直睡到天亮都不曾醒過，這是克拉拉從來未有的。

第二天、第三天，每天每天都是這麼快樂地過去了。而且到了第三天，有一件使這兩個小孩子吃驚的事發生了。

兩個強壯的工人，抬著睡床和被褥等的東西上來了。他們還帶了奶奶的一封信，說這是要給克拉拉和海蒂的床，海蒂以後可以永遠使用。到了冬天回德福里村時，也可以帶一張下去，其餘的一張，仍留在小屋裡，等下次回來就有得用了。

信中還說，接到她們每天寫的那麼長的信，但奶奶知道這邊的詳細情形，實在很感謝。

爺爺先把閣樓上的草舖拆了拿開，然後就在原地方放下兩張新床。兩張床平排在一起，讓她們都可以從窗口瞭望。爺爺早就知道，她們最喜歡從窗口望到外面的太陽和星星。

住在溫泉區旅館的奶奶，也像她信上所說，天天在等著山上的音訊。克拉拉的信中，說她覺得一天比一天快樂，爺爺和海蒂的親切服侍，真是非語言所能形容，海蒂似乎比在法蘭克福時更懂事；克拉拉每天一睜開眼睛，就忍不住要說一聲：

「啊！我從沒有住過這麼好的地方。」

奶奶每天都可以收到這樣的信息，所以也認為現在暫時可以不用去看她們了。因為在那樣險峻的山道上上下下，奶奶還是覺得相當有點麻煩的。

艾爾姆大叔對於這個生病的小女孩，總是特別憐惜。天天費盡了心思，只想讓她快點好起來。一到下午，他就到山上；等到太陽快要下山時，才抱了一大綑麝香草(注)回來。

爺爺把這些草料綑掛在羊欄裡，等山羊們回來，一聞這香氣，就高興得一直叫。他要去找這些稀罕的草料，非常不容易。不過為了要從「天鵝」的身上擠出好奶，所以也就不怕麻煩。

克拉拉在山上，已經住了三個星期。最近她每天一起床，爺爺一定問說：

「小姐，想不想自己試著站站看嗎？」

克拉拉為了要為使爺爺高興，所以也決心站站看，誰知腳一著地，立刻叫起痛來，靠在爺爺的身上了。然而爺爺還是不灰心，天天都還想叫她學習站一下子。

・**麝香草（Thyme red）** 灌木狀常綠草本植物，原產於地中海沿岸。莖堅硬直立，四棱形，葉緣稍反卷，全緣，基部廣楔形，上面具短茸毛，並密生腺點。不但能驅蟲，還能增進支氣管粘膜的分泌，有祛痰作用。放在室內，動物也很喜歡。

山上的天氣，是近來所不曾有的晴朗。每日晴空無雲，日輪高照，百花怒放，散出各種的香氣，舉目一望，到處都充滿悅目的色彩。真的美麗的色彩，那是非在高山之上不能看得到的。

有一天下午，海蒂照例與克拉拉坐在樅樹下，閒談著花草和美麗的夕陽時，她突然想要到山上去，所以就跑到屋內，在爺爺的面前說：

「爺爺，明天帶我們與山羊一起去吧！我想看看山上。」

「好的，好的。不過我有一件事要你們做，你問問克拉拉，今晚肯不肯再站站看？」

海蒂帶著這好消息，跑去告訴克拉拉。克拉拉一聽，就答應了爺爺的提議。海蒂高興得雀躍起來，剛巧這時候看見彼得也回來了，所以海蒂就喚住他說：

「彼得，彼得！我們明天可以與你一起到山上逛一天了。」

彼得雖然還是一臉像熊那樣的兇狠，但艾爾姆大叔就在身邊，也只能細聲地回答了一句話。然後揚一揚鞭子，想往「金雀」的身上打下去，但是因為「金雀」敏捷地一躲，就躲在「雪兒」的背後，所以鞭子落了一個空。

克拉拉和海蒂那天夜裡上了床之後，還只在想著明天的快樂。兩人約定了今夜不睡覺，大家來討論種種的計畫。可是等到腦袋一碰著枕頭，話聲便即時停止，克拉拉已經在做著關於山野的夢了。

夢中那山野的顏色，就像天空一樣，五顏六色的花到處開著。至於海蒂，則是在夢中聽見了半空裡有一隻老鷹，正在那裡喚她上天去。

第二天早上，爺爺起得很早，走到屋外去望望天氣。山頂上照著赤金色的陽光，微風吹動了樅樹的葉子，此刻正是太陽快要爬上山的時候。

艾爾姆大叔在屋外站著看了一會兒，綠色的斜坡漸漸明亮，夜影一步步從溪谷中消去；不一會兒朝陽的金光，已像洪水般流遍了高岩和低谷，這時太陽已經高掛在天上了。

艾爾姆大叔正在準備今日的遊山，他先把輪椅從廂房裡推出來。然後到小孩子們的地方，先告訴她們今天將會看到哪些美麗的風景。

這時候彼得已經到山上來了，山羊們照例不能老老實實地聚集在身旁，像沒有那膽量地只想避開。因為彼得又是氣得不得了，只是揮動著鞭子。

彼得已有好幾個星期不能和海蒂在一起玩了，每天早晨彼得趕上山來時，克拉拉已經坐在輪椅上，而海蒂則在一旁服侍她了。等到下午他下來的時候，還是那個樣子。

海蒂自從夏天以來，一次也沒有上山過。好不容易今天才說要上去，但卻是要和克拉拉在一起。所以彼得今天特別不高興，也就是為了這件事，他無意中看見那邊停著那部車輪很高的輪椅。

彼得原本對克拉拉就很妒忌，看到她的輪椅就更討厭了，就像看到敵人似的，一直惡狠狠地瞪著那椅子。再望望四圍，靜悄悄地沒有一個人影。

彼得突然像野獸那樣跳了過去，一抓到那輪椅，就狠命地一踢；椅子一直地往下翻滾，轉瞬間已形影無蹤了。

彼得幹了這件壞事後，就像飛鳥那樣趕快往山上跑，一口氣就跑到黑莓叢裡去了。雖說是心裡也擔心著那椅子摔下山後的結果，不過這草叢還可以藏身，所以能暫時安心。

他偷偷摸摸地偷偷往山下一望，只見那敵人的椅子越滾越快，翻了好幾次筋斗之後，又高高地一跳，立刻粉碎得不成樣子了。

彼得看了自己的「傑作」，痛快得無可言喻，立刻跳了起來，大笑大喊並在地下亂滾。他既已將敵人弄得「粉身碎骨」，就該心滿意足了吧？

他原本以為這樣一來，克拉拉喪失了代步的工具，就不能不回法蘭克福去了。那麼以後只剩海蒂一個人，豈不是一切都回復了從前的狀態，海蒂又可以和他一起，每天上山去玩耍了嗎？

但彼得沒有想到，也不知道自己做了壞事，將來會有其他麻煩的事情會發生。

當海蒂從小屋裡走出來時，爺爺也抱著克拉拉跟著走出來。廂房的門洞開著，裡面空無一物。海蒂不知道輪椅到那裡去了，到處亂找。這時候爺爺也來了，問說：

「奇怪了，你把輪椅推到哪裡去了？海蒂。」

「我也正在到處找啊！爺爺。你不是說已經推出來了嗎？」

這時候突然吹來一陣狂風，「砰」一聲把房子的大門吹得撞到牆上。

「一定是被風吹跑了吧？爺爺。」海蒂說時，顯得很擔心的樣子。

「大概是的。可能是風把椅子吹到德福里村去了。要真是那樣，馬上又拿不回來，那就不能到山上去了。」

「倘若是被風吹了下去了，就要打得粉碎，哪裡還拿得回來呢？」海蒂不解地說。

爺爺又看看四周，再望望下面說：

「不過，這也真奇怪。或許是誰一不小心，把輪椅弄翻了才滾下去的。」

「真可惜！今天又不能去了。」

克拉拉難過地嘆一口氣，繼續說：

「不但我們今天不能去了，看來以後也不能去了。沒有那輪椅，我就只好回法蘭克福去了。真可惜！」

但是海蒂卻睜圓了雙眼，十分有信心地望著爺爺說：

「不會的，爺爺一定會想出辦法，爺爺，不要讓克拉拉這樣就回去。」

「好的，好的。反正一切都預備好了，我們趕快走吧！以後的問題，等以後再說吧！」

爺爺這麼一說，兩個小孩子又忘了輪椅的事，再次高興起來了。

爺爺跑進屋裡去，抱了一堆披肩，先鋪在向陽的地方，然後暫時把克拉拉放下來。他先跑去擠了些羊奶，讓小孩子們當早餐，等她們吃完了之後，才把自己的兩匹山羊帶出來：

「彼得今天早上為什麼沒有來呢？」

艾爾姆大叔心中有點懷疑，但還是一手抱住克拉拉，一手拿起披肩來說：

「我們走吧！山羊就跟在後邊一起來。」

海蒂一隻手牽著一隻山羊，跟在爺爺的背後走。誰知到了那平日放羊的地方來時，卻看見其他的山羊都已到齊，彼得也筆直地躺在那裡。這使得海蒂嚇了一跳。

「你再要像今天這樣偷偷摸摸地走過我家，我就修理你。你說，你為什麼這樣做？」

作賊心虛的彼得，一聽見艾爾姆大叔的聲音，就像彈簧一樣跳了起來，嚇得語無倫次地說：

「我……我……經過時還沒有人起床。」

「那我問你，你有沒有看見門口的那一架輪椅？」艾爾姆大叔問。

「什麼輪椅呀？」彼得頑強地反問說。

幸虧艾爾姆大叔就只說了這一句，就再不開口了。他先把披肩鋪在斜坡上向陽的地方，再抱克拉拉坐下去，問她坐得舒服不舒服。

「和坐在輪椅上一樣的。」

克拉拉說後，謝了爺爺，望著四周說：

「真是一個好地方！海蒂，這裡有多麼好啊！」

爺爺以為有彼得與海蒂兩個人在一起，應該可以放心，所以就想先回家裡去。等吃午飯時，可以叫海蒂去把放在窪地的乾糧袋拿來。羊奶，就叫彼得到「天鵝」的身上去擠就是了。

等到下午，再由爺爺來接她回去，不就萬事妥當了嗎？因為爺爺要利用這時候去找輪椅，看看到底發生了什麼事。

10

美夢成眞

我曉得了，海蒂。
你真是個小天使，在這個時候，還會想到了彼得家的婆婆。
我們在自己高興時，總會把重要的事情遺忘了的。
謝謝你提醒了我，在這種時候馬上要想起不幸的人。

碧藍的天空，沒有一片的雲霞。背後的雪原像撒滿了金星銀星，看去一片輝煌。兩座灰色的山峰，高抬著那傲慢的頭，威嚴地俯瞰著下方的溪谷。老鷹悠悠地在蔚藍的空中飛翔，山風輕輕地從坐在陽光下的兩位小女孩的身邊吹過，克拉拉和海蒂真是樂得無可言喻。

不時還有小山羊們跑來跑去，就在她們面前玩耍，其中尤其以「雪兒」來得最頻繁，牠把那小小的頭顱，鑽在海蒂的腋下。克拉拉現在也和山羊們混熟了，一隻一隻都認得牠們的名字；而且山羊們也很樂於克拉拉親近，有的竟把頭往她肩上摩擦著。

這時候海蒂突然想到那花草開得最多的地方去看看。但是克拉拉坐下來之後就不能動了，要等到下午爺爺來接時，恐怕那些花都凋落了，所以海蒂焦急起來了：

「克拉拉，我把你放在這裡，自己跑到那邊去一下，好不好？我馬上就回來的。我想去看看那裡的花開成什麼樣子了。可是……你等一等……」

這時候海蒂想到了一個辦法，她先跑去拔了一些青草，然後再帶著「雪兒」到克拉拉這裡來：

「這樣你就不是一個人了。」

海蒂說時，把青草放在克拉拉的圍裙裡；克拉拉也同意先和山羊在一起了，所以就催促著海蒂快去。

海蒂跑著去了。克拉拉抓了一把青草遞給雪兒，雪兒就把脖子伸過來，慢慢地在這位新朋友的手上吃草。克拉拉覺得這樣一個人在山上和小山羊在一起，真是稀奇又是快樂。她突然想起：

「假如我不要像從前那樣，凡事都必須依靠他人，只要能站起來，我就不用別人幫忙，反過來還能幫助別人。」

她在一時之間，想起了很多的心事。她也想要在陽光充足的地方過生活，又想要幫助他人追求幸福。她越想越高興，竟抱著山羊的脖子叫了起來：

「這裡是多麼好的地方啊！我真想永遠住在這裡。」

這時候海蒂已經到了花海那邊，她舉目一看，也馬上高興得叫喚起來了。萬紫千紅的花海，就在那裡輝映，而且飄蕩著濃郁的香氣。

海蒂站在那裡，吸了一會兒那香氣，突然一轉身，向克拉拉的那邊拚命跑去了。

「克拉拉，你也來吧！」

海蒂一跑到看見克拉拉的地方，便大聲地叫喊：

「上面真是想像不到的美啊！到了下午，就沒有這麼好看了。我一定要揹你過去。」

「啊！海蒂，你發瘋了麼？」

克拉拉一面揮手，一面也大叫說：

「你的個子比我還小，怎麼揹我？唉！我要是會走路就好了。」

海蒂向四周望了一望，好像又想起了什麼新主意。

這時候彼得正坐在上面，她已經坐著不動很久了，像是現在才發現自己所做的壞事一樣，只盯著前面。

他之所以要推下那輪椅，原本是希望要使克拉拉不能走動，這樣她就一定要回法蘭克福去了。但是克拉拉現在卻和海蒂一起，就坐在他的眼前。

彼得看見這情景，真的不能不疑心自己的眼睛了，然而克拉拉卻真的坐在那裡。海蒂看著上面，很嚴肅地喚著彼得說：

「彼得，你到這裡來一下。」

「我不要。」

「你一定要來，我一個人做不到，你趕快來幫我吧！」

「我說過我不要的。」彼得說。

海蒂走上幾步，然後睜大著眼睛說：

「你不趕快來，等一會兒你就知道！你不要逼我這樣對你。」

彼得被她這麼一說，心裡有點害怕。他不願有人知道自己剛才做的壞事，然而現在聽海蒂這樣說話，好像是她已經知道了，就要去告訴艾爾姆大叔的樣子。

現在海蒂立刻成了彼得最可怕的人了。不得已他只有站起來，馬上跑了過來說：

「我來就是了，你不要嚇我吧！」

彼得突然間變得這麼柔順，使海蒂反而過意不去，她就放軟了口氣說：

「好的，我什麼都不說就是了。你跟我一起來，放心吧！」

兩個小孩走到克拉拉坐的地方，原來海蒂的意思是要彼得和她自己，一個人扶著一邊，讓克拉拉學著走路。

最初扶她站起來還可以，可是要走路就感到困難了。因為克拉拉一坐下來，自己連站都站不起來，哪裡能扶著就走呢？而且海蒂個子又小，克拉拉就算是把手臂放在她肩上，也沒有多大用處。

「你把一隻手緊圈在我的脖子上，再把那邊的手和彼得的手挽著，把身體靠在他身上就好了。這樣你就一定可以走得動了。」

但是彼得長到這麼大，從來沒有扶助過別人的。克拉拉雖然把手伸進他的腕中，彼得的手臂，還是像木棍子一樣直垂在那裡。

「不行啦！彼得。你把手彎起來，讓克拉拉好挽著靠在你身上哪。你那個樣子，不是連手也都插不進去嗎？」

彼得照著她的話去做，但還是不行。克拉拉的身體不輕，而且兩個小孩扶助又不得其法，一邊高一邊低，總是站不穩。

克拉拉也很想用用自己的腳試試看，可是剛一伸出去，立刻又縮回來了。

海蒂教她說：「你大膽地用力踩下去，只要用力，就不會痛了。」

「用力？一用力會更痛吧？」

克拉拉雖然不大相信，可是海蒂一直堅持要用力，為了不讓海蒂失望，她試著自己用跨出一小步，腳剛碰到地，立刻發出一聲短促的叫聲，但她還是忍住了，試著再次提起腳來，又跨出了一步。

「咦！真的沒有那麼痛了。」

「對啊！你再多走幾步看看。」

有了海蒂的激勵，克拉拉試著又移了幾步看看，突然高興得叫起來了。

「會了，會了，海蒂，你看。我會走路了。」

海蒂在一旁看著，用比克拉拉還要高興的聲音喊說：

「是啊！你自己真的會走了。爺爺要在這裡就更好了。」

克拉拉被海蒂和彼得扶著，一步一步地走得更穩了。三個人都嚇了一跳，尤其海蒂更是樂不可支。

「我們以後每天都可以到這裡來玩了，我們可以去想去的地方，而且什麼地方都可以去了。你也再不用坐在那輪椅上了，多好啊！再也沒有比這更好的事情了。」

克拉拉也實在是喜不自勝，能夠和普通人一樣走路，這是多麼可喜的事啊！

三人慢慢地走近花海，到了那開滿著桂花和野玫瑰的地方，克拉拉說是想要在那裡坐一下，三個小孩子就在花海當中坐下了。

克拉拉有生以來，第一次坐在暖和的山草上，眼看著周圍美麗的花卉，一心只在想今後種種的幸福。

彼得也橫躺在花叢當中，不但不敢出聲，連動也不敢動，後來竟睡著了。他在夢中還記著那被他推到山下而粉碎了的輪椅，所以在睡醒之後，還是心驚肉跳，就怕被艾爾姆大叔發現。海蒂雖不曾說過什麼，但他心裡依然不能放心，所以海蒂無論命令他做什麼事，他也不敢拒絕。

到了吃午飯時，海蒂就想實行她對彼得說過的話了。因為她剛剛恐嚇彼得的話，只是指著這一頓飯菜說的。

海蒂早就知道，今天爺爺準備的乾糧袋中，特別放進了很多好吃的東西，所以原本她就想分一點給彼得。當初彼得不肯幫她扶克拉拉時，海蒂對他說的話，只是說彼得如果不答應，那麼等一會兒吃午飯時，就不給他好東西吃而已。

海蒂把乾糧取出來，分成三份。每一份都足夠海蒂或克拉拉吃飽了，所以無論她們吃了多少，總還有彼得能吃的部分，何況剩下來的，兩人也都由彼得一人享用了。

彼得狼吞虎嚥，連最後的麵包屑也吃下去了。然而卻覺得沒有平日那樣甘美，總像喉嚨裡哽著什麼東西似的，吞嚥也感不便。

因為要扶克拉拉學走路，那天的午飯吃得特別晚，所以剛吃過沒不久，爺爺就來接她們來了。

海蒂一看見爺爺的身影，就想趕快去把今天最可喜的事情告訴他，因而連忙跑過去。她因為太興奮了，跑到時連話都說不出來。

不過爺爺一看見她那樣子，心裡也就明白，喜形於色地走近了克拉拉說：

「真好！我知道你一定辦得到的。」

然後爺爺又叫克拉拉自己站起來，把左手伸到她的背後抱著，讓克拉拉靠在右手上，又試走了幾步。

這次因為得了爺爺強壯的支扶，所以克拉拉也不抖、也不怕，鎮靜地走起來了。海蒂像得勝的將軍那樣，高興得在一邊連跳帶跑地跟著走；爺爺也高興極了。

不過爺爺恐怕她一開始走得太多也不好，所以抱起克拉拉走下山來。他想現在應該是帶她回家的時候，讓她早點休息才好。

到了黃昏時候，彼得回到德福里村一看，發現一大群人聚集在一個地方，擠來湧去地在熱心觀看一件躺在地上的東西。

彼得也想看看發生什麼事，從人堆裡擠了進去。舉目一看，那東西就在眼前。原來那正是清晨被他推下山，現在已經破碎了的輪椅。

只要看那手工精細的木質靠背、軟厚昂貴的紅色墊褥和光輝奪目的接合鉚釘，就可以想見在沒有破碎以前，是一張多麼漂亮的輪椅了。站在彼得身邊的麵包店師傅說：

「我看見來自法蘭克福的人們，把這椅子抬到山上去的。這一台最少也值得二十五鎊（注）。為什麼會變成這樣？一定有人在搞鬼。」

「可是艾爾姆大叔說，恐怕是被風吹了下來的。」

一位女人瞄著那紅墊褥回應，麵包店師傅才接著說。

「幸虧是風。要不然來自法蘭克福的紳士，一聽見這事還肯干休嗎？幸虧我這兩年

・**鎊（pound）**　大英帝國的英格蘭銀行發行的貨幣單位，通行於英倫三島與全球各殖民地，因為是以一金衡制磅重量的高純度銀作基準，不像紙鈔會因戰亂或通膨而貶值，因此也通行於歐洲大陸。鎊與里拉（Lira）的字源與本義相同，都是來自拉丁文libra（天平）之意。鎊與磅的英文都是pound，但翻譯成中文時，金字邊的「鎊」指英國貨幣單位；石字邊的「磅」指英國重量單位。

來沒有上山過。要是有誰碰巧在這時候剛好在山上，恐怕就會讓人起疑了。」

其他的人們，也都你一言、我一語的在發表高見。可是彼得只要聽到那麵包店師傅說的話，就足夠讓他嚇得抖起來了。

他偷偷從人堆裡擠了出來，覺得背後好像有人追來一樣，拚命往家裡跑。他很擔心不久之後，法蘭克福一定會有警察來調查這件事，如果抓住是他，送到法蘭克福去，關進牢裡。這一切的情景都在眼前，彼得不禁毛骨悚然了。

彼得心中七上八下地回到家裡，不管誰對他說話，他都聽不見；連平日最喜歡的馬鈴薯，這時也無心下嚥了。馬上鑽進被窩裡，蒙著頭哭起來了。

「彼得一定又吃多了野酸梅，現在肚子痛起來，在那裡哭了。」碧姬說。

「以後再多給他準備一點麵包，明天起把我的那一份也都給他吧！」婆婆同情著說。

第二天早上，爺爺吩咐兩位小女孩，叫她們寫信給奶奶，告訴她有一件喜事要讓她知道，但在信裡不好說，請她親自上山來看。

但是這兩個小孩子，卻想要給奶奶一個驚喜，決定等克拉拉走得更好時，然後再告訴她。所以又問爺爺，克拉拉還要練習多少天，才能自己走路。爺爺告訴她們說：

「據我的經驗，大概再過一個星期，她就不用人扶了。」

小孩子一聽見這話，馬上去寫信給奶奶了，但是一句也沒有提起有什麼要給她看的話。

以後的那幾天，真是她們最快樂的日子，克拉拉每天都到山上去。她每天一睡醒，心裡就好像有一個聲音說：

「我已經好了，好了。再也不要那輪椅了。我自己會走路了。」

就這樣她一天比一天走得輕快，一天比一天走得更遠了。而且因為有運動的關係，飯菜也覺得格外可口，爺爺每天的麵包和奶油都越切越厚，而克拉拉也越吃越多了。爺爺端了一把滿盛著鮮羊奶的壺過來，也不知道給她倒過了幾杯。

這樣又過了一個星期，到了奶奶上山來的日期了。

早一天她們就先接到了奶奶的信，是彼得一大清早送了上來的。爺爺和小孩子們都已經站在門外，山羊們也在搖著頭等待彼得了。爺爺看著小孩子們活潑的臉，又望望柔順的山羊，在那裡微笑。

這時候彼得正拿了那一封信上來，他把信一遞到，馬上又折回去了。而且一路跑一路回頭看，就像背後有人追他一樣，可是突然間他又向山上跑去了。

海蒂嚇了一跳，目送著彼得的背影說：

「爺爺，他真像被人家拿鞭子追著一樣，剛回轉頭來又搖著頭跑了。」

「唉！彼得一定是覺得真的有人在背後拿著鞭子趕他吧？」爺爺說。

彼得一口氣跑到第一道斜坡，再跑到人家望不見他的地方，才站定了，提心吊膽地向四週望了望。

他突然一跳，臉色已嚇成紙一樣的白，就像是有人在背後抓住他的衣領，趕快回過頭來。因為他總覺得那草叢裡，隨時都可以跳出一位法蘭克福的警察。他這種憂慮越來越厲害，恐怖的感覺也逐漸增大，竟然沒有一刻安寧的時間了。

海蒂想等奶奶來的時候，把房子內外整理得乾乾淨淨，所以一直在屋子裡外，跑進跑出地慌忙收拾。克拉拉在旁看見海蒂這樣的忙法，也覺得很有趣，一早上就這樣過去了。

等一切都已收拾好，不管奶奶什麼時候來，都沒有問題了。小孩子們才換上了衣裳，坐在門口的椅上等奶奶。

爺爺也從山上採了許多龍膽草（注）下來，作成一個一個的花束。小孩子們看見了那花草在太陽下輝映，高興得叫起來了。

結果就像他們所想像的一樣，一行人馬浩浩蕩蕩地走上山來了。最初是嚮導，其次是騎在馬上的奶奶，最後是一個工人揹了一個大包袱。

這一行人漸漸走近，到了上面來時，奶奶從馬上看見了小孩子們，立刻跳下馬來，十分驚奇地說：

「怎麼了？克拉拉。為什麼不坐在輪椅上呢？到底發生了什麼事？」

可是奶奶在還沒有走近小孩子們之前，已經先嚇了一跳；她舉起雙手叫起來了：

「啊！真像在做夢。你的臉孔怎麼變得又紅又胖的，我快要認不出來了！」

奶奶邊說邊走，想過去抱克拉拉的時候，海蒂站了起來，這時克拉拉也把手放在海蒂肩上，兩人輕輕鬆鬆地走了過來。

奶奶這一驚真非同小可，她還以為這是海蒂在和她開玩笑，然而又不是，克拉拉確實和海蒂並排著走過來了。

這兩位面孔又紅又胖的小女孩，一步一步走近了奶奶。奶奶高興得流出眼淚來，連忙走了過去，先抱起克拉拉，然後放下後又去抱海蒂。她高興得連話都說不出來了。

過了一會兒，她才看見艾爾姆大叔含笑站在椅旁，於是奶奶和克拉拉挽著手走過去，先放下了克拉拉的手，再握住艾爾姆大叔的手，激動地說：

・**龍膽草（Gentiana）** 多年生草本植物，為龍膽科龍膽屬的植物。原產於中國、俄羅斯、日本、朝鮮等地。高約三十至六十公分。根莖短，簇生多數細長的根，莖直。花冠成闊喇叭狀，花瓣十裂呈一大一小相間排列，很好看，可用來編織花環。

「親愛的艾爾姆大叔，我真不知道要怎麼樣感謝您。這都是您的功勞。」

「不，靠我是不夠的，這是靠著我們天上的父，祂給了這裡溫暖的陽光和新鮮的空氣。」

艾爾姆大叔含笑回應奶奶的感謝。這時克拉拉也插嘴說：

「還有，還有那味道特別好的羊奶。奶奶，我不知道喝了多少的羊奶，奶奶一定想也想不到，這是多麼好喝的羊奶啊！」

「我看你的面色就知道了。克拉拉，我真的認不出來了。你的臉已經這麼圓滾滾的，而且也長高了。我真不知道你會變成這個樣子的，現在我還有點不相信呢！我要趕緊打一個電報給你爸爸，叫他快點來這裡。不過先不要告訴他要他來的理由吧！……艾爾姆大叔，這裡的電報要去哪裡打呢？工人們恐怕已經回去了。」

「工人們已經回去了。不過馬上就要打的話，我去叫彼得來吧！他時間很多的。」

奶奶再次謝了謝他，想要馬上就把這好消息告訴她的兒子。

艾爾姆大叔走到一邊，把手指放在嘴上，吹起尖銳刺耳的口哨；這時一聲響亮的聲音，震遍了各個山岩。不一會兒就見到彼得跑下來了。

他以為這次一定要挨艾爾姆大叔的罵了，嚇得面無人色。可是艾爾姆大叔卻只交了一張有字的紙，要他拿到德福里的電信局，還說小費等他回來後給他。

彼得拿到了那張紙，就像拿到了特赦令一樣興奮，抓著紙就向山下跑去。因為他知道原來艾爾姆大叔的口哨，並不是要把自己交給警察。

大家高興地坐在屋前的餐桌前，他們把這段日子以來所發生的事，詳細地告訴了奶奶。例如爺爺頭一次怎麼教克拉拉學站，以後怎麼每日學走路，怎麼到山上去玩耍，輪椅又怎麼被風吹跑，海蒂怎麼想去看花，所以克拉拉就學會走路了等等，全都一一講來，也不知道費了多少時候。

奶奶一面聽著，也一面發出了驚嘆和感謝的話來。

「嗳喲！真想不到。」

「就像做夢一樣。」

「我不是在做夢嗎？」

「那個胖得圓滾滾的小孩子，就是我們原來那又黃又瘦的克拉拉嗎？」

克拉拉和海蒂聽見奶奶這種驚奇的回應，知道她們的計畫很成功，更加喜不自勝。

因公事要到巴黎的塞萬先生，事情已經辦完了，也很想快點和自己的女兒見面，所以就沒有停留，立刻趕到了瑞士的溫泉區。

但塞萬先生一到溫泉區時，剛巧奶奶已經離開幾小時了，旅館的服務生說奶奶往山上去了，所以他也立刻雇了馬車，走到半路，又換了馬騎到德福里。但是擔心以後的路不好走，所以改成只好徒步趕路了。

這段上坡路確實又長又不好走，他拚命走了一程，還不能輕易看見小屋。塞萬先生怕走錯了路，很想找一個人來問問，但是路上根本沒有一個人影，只有山風時時在空中吹得發響，和陽光下的蟲聲，以及在落葉或松枝上的鳥兒愉快的歌聲。除此之外，沒有任何人跡。

塞萬先生在那裡呆站了一會兒，當阿爾卑斯山的鮮冷山風，吹得他心神俱爽的時候，突然看見了有人從山上走下來，那正是拿著電報紙的彼得。

彼得本來並不是走塞萬先生站在那裡的那條路，而是從崎嶇的斜坡上跑下來的。塞萬先生一看見他，立刻向他招手。

「小朋友，快點過來，我有話問你。到艾爾姆大叔和一個叫做海蒂的小孩子家，要走哪一條路？還有那來自法蘭克福的客人，聽說也來了，現在就在他家裡吧？」

彼得既膽怯、又躊躇地走過來，兩腳都飄飄然，似乎不曾著地的樣子。一聽塞萬先生的問話，更是嚇到語無倫次，也不知自己說了一句什麼話，突然就從岩上跳下去，翻了二三個筋斗，就向前些時候輪椅滾下去的那個方向滾下去了。

雖然他還不至於像輪椅那樣跌得粉碎，然而手中的電報紙，起身時已經四分五裂了。

「山裡的小朋友，為什麼會這麼害羞呢？」

塞萬先生還以為，那男孩子的害怕滾跌，是因為了看見他這陌生旅客，所以也就不追問，繼續望前走了。

不過彼得並不是害怕跌落山下會粉身碎骨，最使他驚懼的，就是他看見要從法蘭克福來的警察真的來了。他心裡以為向他問路的那個旅客，一定就是警察了。

他嚇得邊跑邊跌，一直跑到靠近德福里的斜坡上，又跌了一跤，幸好被很高的草叢把他擋住了。這時身邊突然有人這麼說：

「真奇怪，山上怎麼又滾下來這麼一個東西。上次是個輪椅，這次是個小孩，下次又不知道會有什麼東西要滾下來了？」

這樣邊笑邊說的人，就是那天那個麵包店師傅。他在午休時跑來山邊走走，就看見彼得像上次的輪椅那樣滾了下來，才會這樣說笑。

但跌在那麵包店師傅腳邊的彼得，一聽見這說笑，更加害怕了。一爬起來，也不敢回頭看，就一直跑下去了。他心裡以為現在最安全的辦法，就是趕快跑回家裡，鑽到被窩裡。

然而他手上原本那張要發電報的紙沒了，就算去電信局，也沒法發電報了。何況那群山羊還留在山上，艾爾姆大叔已經吩咐過他，叫他到村裡電信局發完了電報，要馬上回到山上去照顧山羊的。

就彼得看起來，艾爾姆大叔是世界上最可怕的人，無論如何，是不能違背他的命令。沒有法子，彼得只好拖著跌跛了的腳，再一步一步地爬上山去。他已經不像剛才那樣跑得那麼快了。一方面是因為害怕，一方面也因為全身跌得疼痛難忍。

塞萬先生看著彼得離開後，又鼓起勇氣向前行，不久便走到可以望到目的地的地方了。艾爾姆大叔的小屋就在他眼前，樅樹的樹梢在屋頂上搖曳。塞萬先生心中十分高興自己快要達到目的地，同時也在想像著克拉拉忽然看見他時的驚異。

然而他感到奇怪的是，山上的人們雖然看見他走近來了，似乎卻不怎麼驚異。

塞萬先生一走進小屋前的廣場，就有兩位女孩朝著他走過來。海蒂那雙晶黑的眸子，像有什麼高興的事在閃映著。旁邊是一位比較高的女孩，和海蒂並肩走了過來。

塞萬先生驚嚇得停了腳步，望著那兩位女孩，眼淚竟然奪眶而出了。他的心中，到底想起了什麼事呢？

原來克拉拉的容貌，就和她已去世的母親一模一樣。金栗色的頭髮，披在那桃紅的臉上，讓塞萬先生幾乎懷疑是置身夢裡了。

「你不認得我嗎？爸爸。」克拉拉滿心高興地說。

塞萬先生簡直不敢相信，原本連站都無法站起來的克拉拉，現在卻能走了，他顧不得眾人在場，一個大男人竟哭著衝向前去，抱著女兒說：

「你真的是我的小克拉拉嗎？」

這時候，奶奶走了出來，想來看看自己兒子高興的樣子，也高興地說：

「喂，怎麼了？你沒先通知一聲就跑了來，我也嚇了一跳。不過比起你看到克拉拉，你被驚嚇得更厲害吧？」

奶奶一面說，一面慈愛地擁抱兒子，安慰他說：

「別哭了，你要先到艾爾姆大叔那兒謝謝他。」

「是啊！我還要謝謝海蒂！」

塞萬先生緊緊地握住海蒂的手，問她說：

「怎麼樣，山上好玩吧？你的臉色比阿爾卑斯山的玫瑰還好看。今天看見你，我真高興！」

海蒂也喜不自勝地望著塞萬先生慈愛的臉。塞萬先生對她太好了，所以她今天也能看見他在山上得到這樣的幸福。

奶奶把兒子帶到艾爾姆大叔的面前，介紹他們認識了。兩人握了握手，塞萬先生對艾爾姆大叔說明了他的吃驚和感謝；這時候奶奶已到小屋後，去看那樅樹去了。

在枝葉繁茂的樅樹下，放著很多新鮮的龍膽草，像是原來就生根在那裡，奶奶高興地說：

「太美了。海蒂，那是你拿來的嗎？真的很好看啊！」

海蒂和克拉拉一起走來，但海蒂說：

「不，不是我拿來的。不過我知道那是誰拿來的。」

奶奶心想，不是海蒂採來的，難道是克拉拉採來的，但是克拉拉才剛學會走路，應該走不遠，還沒法採到這麼美的花。

這時候樅樹後方，忽然有葉子響的聲音，那是彼得。他原本遠遠地躲在樹林後，在那裡看看那和艾爾姆大叔一起站在屋前的陌生人是誰。

奶奶看見彼得，就以為剛剛的龍膽草是彼得拿來的；大概他是怕難為情，所以躲了起來，奶奶為了向他道謝，朝著彼得說。

「你出來吧！不要怕，我知道是你做的。」

彼得一聽，已經嚇得心神俱失，再也沒有絲毫的抵抗了。他毛髮悚然，戰戰兢兢地從樅樹林中走出來。

奶奶想激勵害羞畏縮的彼得，就說：

「膽子大一點，勇敢地告訴我，那是你做的吧？」

彼得嚇得連眼睛也抬不起來了。連奶奶的話到底是指那一件事，他也不得而知。他心裡只想著艾爾姆大叔站在小屋前，那灰色的眼珠正在瞪著自己，而旁邊又站了個從法蘭克福來了的陌生人。因此，他不但全身顫抖，連牙齒都發出打顫的聲音來了。

「好孩子，沒什麼事會讓你那麼害怕的吧？」

「是……是……都跌碎了，再修也修不好了。」

彼得好不容易才說出這幾句話來，竟抖得幾乎站不住了。奶奶走近艾爾姆大叔，很難過地問道：

「那小孩子恐怕是有點心神不寧吧？」

艾爾姆大叔很有把握地說：「不是的。我剛才說那一陣把輪椅吹下山去的風，其實就是他。所以他大概正在擔心著要受罰吧！」

奶奶似乎覺得這話不大靠得住，彼得不像是那麼壞的小孩子，而且他也沒有破壞那輪椅的必要。然而看艾爾姆大叔的樣子，像是從那天找不到輪椅時，就已經疑心到是他做的。

彼得早就對克拉拉沒有好感，之後山上又發生這些事，這些當然都逃不了艾爾姆大叔的眼光。所以對彼得所做的，他已瞭如指掌。

照艾爾姆大叔的意思，當然是一定要嚴加責罰不可，不過奶奶卻非常反對。

「不，不要罰他了。我們大人做事也要公平一點才好。對他來說，一下子從法蘭克福來了那麼多人，就是要把海蒂搶走。他平時只有一個能在一起玩的朋友，一旦被別人搶走，他就成了孤孤單單的一個人，當然會有做壞事的念頭。他的生氣也不是沒有道理的。他做的固然是很不好的事，但是我們大人一生起氣來，說不定會做出更多無聊的事。」

奶奶說完後，走到一直在發抖著的彼得那裡，坐在樅樹下的板凳上，溫柔地對他說：

「你過來，彼得，奶奶有話對你說，你不要發抖，好好地站在我面前。你把那張輪椅推下山，跌得粉碎，這是很不應該的事，你自己也知道的了吧？所以你一定要受責罰。尤其你還想馬馬虎虎地遮瞞過去。不過你要知道，彼得，你以為做了壞事，就能遮瞞得過嗎？那你完全是想錯了。我們的神，無論是誰做了什麼事，祂都看得見、聽得見。祂在我們出生時，就在我們心裡放了一個小守衛，平時小守衛都在睡覺，但有人做了壞事，又想遮瞞過去，神就把那小守衛喚醒，那小守衛就會用手中的針來刺那人，刺的時候口裡還說：『會被人發現的。』『你會被抓的。』所以那人就沒有一刻能安寧，都在擔心受怕。彼得，你近來是不是也有這種感覺？」

彼得因為心裡的事，完全被奶奶說破了，所以很後悔地點了點頭。

奶奶繼續又說：

「還有一樣事情，你也不可以忘記的。就是我們的神是公義的，你原本是想害別人，反而要使人家得益。你看，克拉拉在沒有輪椅後，才學會了走路；你卻因為自己做了壞事，以致日夜不安。而且掩蓋的事沒有不露出來的，隱藏的事沒有不被人知道的。所以，彼得，我說的話你可明白？如果明白了，就不要忘記。以後每逢想做壞事的時候，你就聽聽裡面那個小守衛的細微聲音。」

「是的，我不會忘記的。」

彼得說話時，還是垂頭喪氣的。因為警察局裡的人，還是會站在艾爾姆大叔那一邊，以後的事情怎麼樣，彼得還是不得而知。

奶奶接著又說：

「那就好了。還有一件事要告訴你，這次從法蘭克福來了的客人，想留點東西給你做紀念。你告訴我，你想要什麼？」

彼得抬起頭來望望艾爾姆大叔，他本自來為這次一定要受罰了，然而現在卻反來問他要什麼東西。彼得的腦裡，簡直就像風車一樣旋轉起來了。奶奶繼續說：

「是真的啦！法蘭克福來的客人，要留點東西給你做紀念。他沒有責備你的意思，所以想給一點你所想要的東西。」

這時候彼得知道了，已經沒有受責罰的危險了，這一定是奶奶對警察說了情，才饒恕了他。彼得覺得卸下了一個像山那麼重的東西，所以打算把一切的事情都說出來：

「對不起，我把艾爾姆大叔給我的那張紙也弄丟了。」

奶奶不知道他突然說的是什麼，一會兒才明白他是說的電報紙，所以又溫柔地對他說：

「好的，好的，以後不管什麼事，都要老實地說出來。現在告訴我，你想要什麼呢？」

彼得以為世界上的東西，現在都可以得到，腦裡立刻覺得又要暈轉起來了。他想起了鄰近的市集裡，排列著各種奇麗的商品，自己卻都沒錢能買，只好站在前面呆望幾個鐘頭。例如有一種紅色的小哨子，彼得很想買回來呼喚山羊，這樣就輕鬆了。還有一種圓柄的鋒利小刀，彼得也想買來可以在樹林砍點樹枝回家當柴燒。

彼得一直在想，不能決定要買哪一種才好。這時候他忽然有了一個主意。他想到了下次市集時再決定要買什麼。

「給我一個銅板。」彼得決斷地說。

這的希望使奶奶不能不笑出來了。

「你的希望並不大啊！好孩子，到這裡來。」

奶奶說話時，從自己的錢袋裡，拿出了所有的零錢，放在彼得的掌上。

「來，你數數看。我來教你數吧！這些錢都換成銅板，就有六十多個銅板，一年有五十二個星期日，所以你以後每一個星期日，都可以花一個銅板。」

「夠用一輩子嗎？」彼得純真地問道。

奶奶一聽，更是笑不可抑了。她朝著塞萬先生那方向說：

「是的，我會讓你一輩子都夠用，就寫在我的遺囑上好了。在彼得這一輩子裡，每星期都要給他一個銅板。」

塞萬先生也表示同意，點了點頭，同時也笑起來了。

彼得看看自己的手上，不敢相信這夢想不到的贈送，到底是真是假。

「謝謝！」

彼得道了一聲謝，歡天喜地跳著跑了。因為他心裡的害怕擔憂，此時已一掃而光，而且更遇到這天大的喜事，以後每星期可以得到一個銅板。

等過了一會兒，大家趁著飯後的時間，正在暢談闊論，克拉拉便拉著她的爸爸走到一邊，熱心地說：

「爸爸，我真希望你能知道爺爺每天為我做的，我這一輩子也不能忘了他的恩惠。我不知道能為他做什麼，哪怕只是他給我的快樂的一半。」

塞萬先生一看著女兒的面孔，便喜形於色地說：

「孩子，我也正在想著這件事。應該怎麼樣才可以報答他的大恩呢？」

塞萬先生走近了艾爾姆大叔的面前，緊握著他的手說：

「艾爾姆大叔，自從克拉拉生病後，我已經不知道有多少年，不知道什麼叫幸福了。我只有一個女兒，她生了病，不能享受人間的樂趣，即使有錢、有地位，那又有什麼用處？幸虧這次得你的福蔭，使她恢復了康健。這不只是克拉拉得了新生命，連我也像再世為人一樣的。你的大恩，我們一家真是沒齒難忘。我們也不敢說圖報於萬一，不過也算是盡的一點誠心就是了。」

艾爾姆大叔含笑聽完之後，嚴肅地說：

「塞萬先生，小姐能恢復健康，這就是我最愉快的事了，因此，我的勞苦也得了酬報；您的盛意，我十分感謝，但是我沒有什麼想要的東西。只要我還健在，我和海蒂都可不愁飢寒。不過我只有一件事想懇託你，只要您肯答應，那我就死也瞑目了。」

「你說吧！艾爾姆大叔，你把你的希望告訴我吧！」

「我的年紀已大，所以不敢說十年後還能健在，萬一我死了，那海蒂就成了孤兒了。到了那時候，倘若你肯答應我來照顧她，不要讓她流落吃苦，那我就算在另一個世界，也不忘你的盛情了。」

塞萬先生一聽，便毅然地安慰艾爾姆大叔說：

「這事完全不用你擔憂，因為我早已把海蒂當作自己的女兒看待。」

但是就海蒂的天性來說，她根本不願離開這山村，所以還是要住在這裡，另外再給她找一個監護人，讓她在這山村裡過著寧靜的生活。他說：

「我想了很久，盧勃醫生就是最適合的人選了。他已經不在外行醫了，所以現在不一定要住在固定的地方的。而且他自從去年到這山上度假後，十分贊許你和海蒂的生活，早已有想在這附近長住的意思了。所以海蒂可以不愁沒有最好的保護者了。」

「我也贊成這樣。」

奶奶一把抓住了艾爾姆大叔的手，熱心地說明她和自己的兒子有相同的想法，盧勃醫生最適合了。然後又把站在她身邊的海蒂牽過來：

「我來問你，海蒂，你有什麼希望？」

「有的，奶奶。」

海蒂很神氣地說，並且笑嬉嬉地望著奶奶。

於是奶奶追問：

「那麼你告訴我吧！你希望有什麼？」

「我想要像我在法蘭克福時睡的那張床，還有那種高枕頭和厚被褥。有了那張床和那些寢具，彼得家的婆婆就可以不用睡在那會窩下去的床，因為睡覺時頭一低下去就很難呼吸。而且她要是有了暖和的被褥，冬天時就不必纏著披肩，在床上凍得半死了。」

奶奶十分感動地說：「我曉得了，海蒂。你真是個小天使，在這個時候，還會想到了彼得家的婆婆。我們在自己高興時，總會把重要的事情遺忘了。謝謝你提醒了我，在這種時候馬上要想起不幸的人。我趕快打一個電報到法蘭克福去，倘若羅美爾小姐今天就寄出，那麼過兩天婆婆就可以收到了。以後彼得家的婆婆，不久就可以在那床上睡得舒服了。」

海蒂高興得在奶奶的身邊亂跳；突然又停止了，說：

「我要趕快去把這話告訴婆婆。他這麼久沒看見我，恐怕她又要擔心了。」

爺爺說：「海蒂，不行。有客人在家裡，就不要到別的地方去。」

然而奶奶卻又替海蒂辯護，說海蒂也不是有心怠慢客人的。

「說起來彼得家的婆婆也很可憐，因為我們來了，她也有很久沒有看見海蒂了，我們大家一起去看看她吧！馬匹剛好在等著，我們從那裡再下到德福里村去吧！這樣電報也可以馬上打出去。豈不是很好嗎？」

這時候塞萬先生也說出了他的心事。原來塞萬先生的意思，倘若克拉拉的病有起色時，就想帶她到瑞士各地去旅行。現在克拉拉既然是意外的強壯，所以更不能讓這美麗的暑假輕易過去。

克拉拉起初也不願意這麼快就下山去的，可是一想到了以後的旅途的快樂，這惜別的心情才漸漸淡薄了。

奶奶牽著海蒂的手，剛要出發時，突然回轉頭來問，怎麼樣才可以帶克拉拉下去。因為無論怎麼說會走，她現在還沒能力可以走到山下。但是回頭一看時，艾爾姆大叔早已把她背在背上了。

奶奶一路和海蒂走著下山，順便詢問起彼得家婆婆的事。海蒂詳細地都告訴了她。說起婆婆在冬天時，如何冷得縮成一團在發抖。又說起婆婆喜歡什麼，討厭什麼。奶奶十分同情地傾聽著，一直走到彼得家的門前。

碧姬正在屋外曬彼得的襯衣，一看見海蒂們下來，連忙跑進屋裡去了。

「他們都一起走過了，一定是回法蘭克福去的吧！艾爾姆大叔還背著那個生病的女孩。」

「啊，是這樣嗎？」彼得家的婆婆嘆了一口氣說。

「如果海蒂也在一起的話，那一定是被他們帶走的。她不會再來和我握握手，讓我再聽聽她的聲音嗎？」

但在這一瞬間，房門開開了，海蒂一跳進來，便抱住了婆婆：

「婆婆，婆婆。你的鐵床就要從法蘭克福搬得來了。那張有三層枕頭和厚褥子的床，再過兩天就可以搬到了。」

海蒂恨不得馬上就把這好消息告訴婆婆。婆婆聽見這話，只是微微笑了一笑，然而卻又帶著幾分傷心地說：

「謝謝你們了。不過你不是要跟他們一起到法蘭克福嗎？我看不用這麼麻煩，我也活不了那麼久了。」

「沒有那回事。是誰說的呀？」

婆婆又聽見一個陌生卻溫柔的聲音，接著又感到有人緊握著她的手。原來克拉拉的奶奶也跟著海蒂進來了。

「不會的，絕沒有那種事。海蒂將永遠和你們幸福地生活在一起。我們以後也想每年都到這裡來一次，並且看看海蒂。」

這時候婆婆真是喜形於色，緊握著老夫人的手，連話都說不出來，只有眼淚像連珠般地從失明的眼中滾了出來。

過了一會兒，太陽快要下山的時候，塞萬先生便先和老夫人下山去，克拉拉則仍回到山上的小屋，和爺爺及海蒂能在一起過最後一夜。

海蒂今天的高興，真達到了絕頂，在回家的途中，竟是一步一跳地跳到家裡。

不過到了第二天早上，快要和克拉拉分別的時候，還是淌盡了不知多少的眼淚。克拉拉也嗚嗚咽咽哭了一會兒。結果還是海蒂來安慰她說：

「過一會兒就是夏天了。那時你又可以到山上來的。下次來時你已經完全會走路，那會更好玩的。我們每天和山羊去那開著很多花的花海去玩吧！」

塞萬先生已經上山來接他的女孩，現在正在和艾爾姆大叔站在一起談天。

「替我向彼得和山羊們問聲好吧。尤其是要好好地跟『天鵝』說一聲。本來很想送一點東西給牠的，但是……」

「那好極了。」海蒂說。

「就給牠一點鹽好了。一到夜裡，『天鵝』總在爺爺的掌上舐鹽的。」

克拉拉聽說，高興了起來說：

「那麼，等我一回到法蘭克福，就送一百磅鹽來，當做我送『天鵝』的紀念。」

塞萬先生對小孩子們做做手勢，告訴她們是分手的時候了。因為輪椅已經沒有了，所以就用奶奶騎的那匹白馬來接克拉拉。海蒂直送到斜坡的最下端，等到人馬都不見影子了，她還在那裡不斷揮手。

不久鐵床也運到了，彼得的婆婆每夜睡得舒服，所以身體也漸漸強壯了。克拉拉的奶奶還恐怕山上太冷，另外又送了很多暖和的衣服，婆婆都拿來穿在身上，現在不必像從前那樣坐在角落裡凍得發抖了。

德福里村這幾天正在大修土木。盧勃醫生到了這村裡，正在找要住的房子。村裡的人們勸他，乾脆把艾爾姆大叔和海蒂去年冬天租來住的老房子買過來。那房子的構造和華麗的暖爐，只要略加整修，就可以成為一棟漂亮的房子了。

盧勃醫生果然買來了重加修理，除了留一部分自己住之外，其他的一部分就讓給艾爾姆大叔和海蒂。

當然，盧勃醫生又知道艾爾姆大叔是一位很有個性的人，一定是要住在他自己的家裡。所以在這屋後，另外造了一所牆壁寬厚而又暖和的小屋，讓那兩隻山羊在那裡，也能過一個幸福的冬天。

盧勃醫生和爺爺一天一天地要好起來，每天一起去觀看正在修築的房子，想想海蒂的將來。他們二人對於這房子的欣悅，都是因為可以和海蒂住在一起。有一天盧勃醫生對艾爾姆大叔說：

「艾爾姆大叔，關於這件事情，我想你也一定贊成吧！我覺得海蒂就像我的親生女兒一樣，所以我也和你一樣感到幸福。因此，我很希望盡力來照顧她，所以我想請你把關於她的責任，也分一半由我負擔。那麼，我也對她有一部分的權利，等年老之後，可以安心來照顧她，並且也可成了將來的安慰。我還想給海蒂在銀行裡存一些錢，等到我們都死後，海蒂也就不愁飢寒了。」

艾爾姆大叔不做聲，只緊緊地握住盧勃醫生的手。盧勃醫生從他的眼中，也看見了他心內的感謝。

海蒂和彼得這時候正在婆婆的家裡，三個人都很快樂。因為今年的夏天以來，他們很少有見面的機會。

他們三人之中，真的很難說是誰最快樂。而且說不定還是在一旁的碧姬叔母最感到快樂呢。因為經由海蒂的說明之後，她才知道彼得這一輩子裡，每一個星期都可得一個銅板。

婆婆聽了這個好消息，過了一會兒才開口說：

「海蒂，請你幫我朗讀一首讚美詩，我要讚美在天上的父，謝謝祂為我們所做的這一切！」

（全文完）

國家圖書館出版品預行編目資料

小天使海蒂 / 喬安娜・史柏莉（Johanna Spyri）著 --
管仁健 編譯 -- 臺北市：文經社，2010. 11
面； 公分. --（文經文庫；266）
譯自：Heidi
ISBN 978-957-663-627-1（平裝）

882.557　　　　99020350

文經社

文經文庫 266

小天使海蒂

著 作 人 — Johanna Spyri
發 行 人 — 趙元美
社　　長 — 吳榮斌
主　　編 — 管仁健
美術編輯 — 游萬國
出 版 者 — 文經出版社有限公司
登 記 證 — 新聞局局版台業字第2424號

＜總社・編輯部＞：
地　　址 — 104 台北市建國北路二段66號11樓之一（文經大樓）
電　　話 —（02）2517-6688（代表號）
傳　　真 —（02）2515-3368
E-mail — cosmax.pub@msa.hinet.net
＜業務部＞：
地　　址 — 241 台北縣三重市光復路一段61巷27號11樓A（鴻運大樓）
電　　話 —（02）2278-3158・2278-2563
傳　　真 —（02）2278-3168
E-mail — cosmax27@ms76.hinet.net

郵撥帳號 — 05088806文經出版社有限公司
新加坡總代理 — Novum Organum Publishing House Pte Ltd.　TEL:65-6462-6141
馬來西亞總代理 — Novum Organum Publishing House (M) Sdn. Bhd.　TEL:603-9179-6333
印 刷 所 — 松霖彩色印刷事業有限公司
法律顧問 — 鄭玉燦律師（02）2915-5229
發 行 日 — 2010年 12月 第一版 第 1 刷

定價／新台幣 220 元　　Printed in Taiwan